AF343692

HISTOIRE

D'UNE

FAMILLE BOURGEOISE

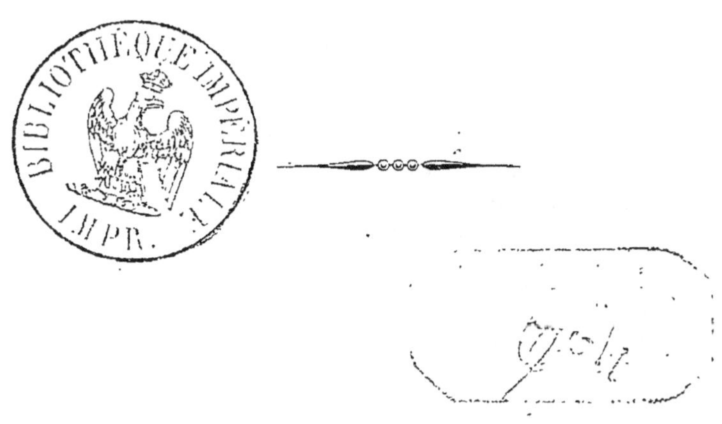

PARIS

IMPRIMERIE DE GUIRAUDET ET JOUAUST

338, RUE SAINT-HONORÉ

1853

HISTOIRE

D'UNE

FAMILLE BOURGEOISE

L'auteur de l'*Histoire des Français des divers état*, M. Amans-Alexis Monteil, est mort l'an passé dans une humble maison d'un petit village de la forêt de Fontainebleau nommé Cély ; il est mort à la façon d'un philosophe et d'un sage, sans une plainte, sans un regret. Dans les fragments qu'il a laissés après lui, débris précieux d'une pensée infatigable et que rien n'a pu lasser, nous avons retrouvé plusieurs chapitres d'une auto-biographie abandonnée et reprise, et enfin brusquement interrompue. Il est fâcheux que ces mémoires, d'un ton si calme et d'une résignation si charmante, n'aient pas été achevés : ils seraient aujourd'hui un des meilleurs titres de M. Monteil.

Comme j'étais un peu le confident de M. Monteil et le dépositaire des projets de son arrière-saison, je me suis fait un devoir de recueillir les derniers témoignages de cette vie, unique peut-être dans le monde turbulent, hâbleur et peu véridique, des belles-lettres françaises. Il était si complétement un bonhomme malin, spirituel et sincère, il avait si peu vécu avec ses semblables et ses pareils, il avait prolongé par tant de pénibles travaux, à travers tant de poussières que jetaient sous ses pas les siècles écoulés, une jeunesse inaltérable, il avait si bien mis à profit la pauvreté, le chagrin, l'isolement, la solitude, et la vieillesse enfin, quand elle vint tout d'un coup le surprendre au terme de ses travaux et de ses jours, qu'il était impossible, en dépit de mille difficultés de tout genre, de résister au désir de mettre en œuvre ces derniers efforts *d'une ardeur qui s'éteint*. J'ai donc tenté d'écrire, à la suite de cet aimable et paternel vieillard, les petits événements bourgeois qui ont signalé d'une façon si obscure sa propre vie et celle de ses proches auxquels il a survécu. De cette famille nombreuse il était resté seul : il avait perdu même sa femme, morte en pleine jeunesse ; il avait perdu même son fils unique, son compagnon, sa fortune, sa providence ! Ainsi les pages du livre destiné à raconter humblement, chose rare aujourd'hui, ces existences oubliées, ces pages remplies des plus sévères, des plus cachées et des plus charmantes tendresses, elles sont écrites, juste Ciel ! sur la pierre silencieuse de quelques sépulcres sans nom.

Pour peu que vous ayez lu les livres de M. Monteil, vous savez déjà

à quel point il aimait l'ordre et la règle en toutes choses ; il lui fallait à
chaque pas une trace, à chaque mot une preuve : eh bien ! il a fait pour
lui-même et pour les siens ce qu'il avait fait pour les *Français des divers
états ;* il a été vrai, sincère, complet, et, afin que la méthode et la logique
fussent cette fois encore ses compagnes fidèles, il a écrit un chapitre à
part pour son père, un chapitre à part pour sa mère, en un mot autant de
chapitres que sa famille en pouvait contenir. Ajoutez que ces notes sans
jactance sont écrites en marge d'un livre imprimé à Paris (1599) sous ce
titre : *Inventaire de l'histoire journalière,* de sorte que la famille Monteil est
traitée à peu près comme si elle était tout le genre humain. « Veux-tu
savoir les mœurs d'une nation, étudie avec soin une seule famille » ; *suf-
ficit una domus !* Ainsi parle Juvénal. Vous verrez en effet à quel point ces
très simples, très médiocres et très vulgaires événements vous rappelleront (pour peu que vous soyez fils de bourgeois) les grands événements
de votre maison paternelle : *domestica facta.* Qui de nous, à certains bruits, à
certains accents, à ces sentences, à ces voix, à ces paysages, à ces cris, à ces
larmes, à ces douces joies, à l'aspect de ces vieux meubles, sous ces vieux
toits, ne s'est pas rappelé tout à coup les commencements, les premières
années, les vastes pensées dans ce petit horizon, les grandes espérances
dans cet humble enclos ? Histoires cent fois racontées, cent fois nouvelles
et mille fois charmantes ! Il y a beaucoup de ce charme des souvenirs
vrais et des émotions honnêtes dans les mémoires posthumes de M.
Monteil.

I.

Pour commencer, le voilà qui nous présente son père, M. Jean Monteil,
et nous le voyons tout d'abord tel qu'il était, un peu homme d'épée,
homme de loi un peu, mi-parti avocat et mi-parti agriculteur ; il aimait
les habits *parants ;* il portait, les jours de fête, une veste écarlate à galons
d'or ; il cherchait le bruit, l'apparat, l'*être* et le *paraître,* aurait dit le baron de Fœneste. En cette bonne ville de Rhodez, dans ce pays moitié Auvergne et moitié Rouergue qui fut le berceau de sa famille, M. Jean Monteil habitait une maison de bonne bourgeoisie ; on obéissait, en ce lieu
choisi, aux commandements de Dieu et aux commandements de son
Eglise ; on y disait la prière en commun chaque matin et chaque soir ; le
travail, l'économie et l'ordre présidaient aux destinées de l'humble famille. A peu de chagrin suffisent de modestes plaisirs ; le jeu même avait
quelque chose de sérieux, et les nouvelles du monde extérieur, on les
savait quelquefois par les révélations tardives d'une gazette à six semaines
de date.

« La vie est courte, disait Fénelon, les heures sont longues. » Ces longues heures étaient bien employées, et si parfois, aux jours de fête, il y
avait dans la journée un moment de trop, le père de famille tenait toujours en réserve un *conte à rire,* par exemple le conte du braconnier. « Il
chassait : son seigneur le rencontre ; le braconnier le met en joue... Et

le lendemain, comme le seigneur se plaignait d'avoir été arrêté par ce garnement : — Vrai Dieu ! dit l'autre, c'est bien vous qui vous êtes arrêté, monseigneur ! » — Autre exemple. « Un cordelier se donnait la discipline, et d'une main peut diligente. Le frère gardien, qui avait l'œil à tout, détache au bon frère un grand coup de sa discipline à cinq branches.—Par saint François, s'écria le moine, voilà un coup qui n'est pas de mon cru !... » C'étaient là les bons contes de la famille Monteil et ses plus grands plaisirs. Ils n'en avaient pas d'autres ; ils se contentaient de ceux-là, plus un jeu de l'oie en hiver, un jeu de boules en été. Les grands passe-temps inconnus étaient remplacés par une gaîté inaltérable, ce qui est bien quelque chose, quand on songe aux tourments de la mauvaise humeur. « Ah ! disait Mme de Sévigné à son ami M. d'Orves, que vous êtes gai ! que vous êtes gaillard ! que vous vous portez bien dans ce Bouloy ! que vous êtes content d'y être et que vous adoucirez bien là votre sang ! Vous y faites passer bien plus de lait qu'il n'y a d'eau dans nos fleuves ! » Heureuse vie, en fin de compte, occupée à des riens qui représentent volontiers de grosses affaires ! Heureux état de ces âmes pacifiques et toutes remplies de la securité d'une société régulière, sous une loi facile, dans une patrie honorée ! Il y avait une chanson dont le refrain plaisait beaucoup aux bonnes gens de Rhodez : *Bergères, toujours légères, toujours bon temps !* — Que les temps sont changés ! « Nous avons du feu, pas de lait ! » C'est encore un mot de Mme de Sévigné.

Il y a beaucoup de ce calme et de cet abandon des âmes correctes dans le récit du naïf historien se racontant sa propre enfance. Il se rappelle encore les moindres détails de l'existence de chaque jour ; il assiste à la messe le dimanche ; il se voit lui-même marchant à la suite de son père, qui va, le premier, suivi de ses garçons, pendant que la mère arrive ensuite ornée de ses trois filles. A l'église, chacun avait sa place réservée. Au milieu de leurs écoliers agenouillés se tenaient les frères de la doctrine chrétienne ; à l'autre extrémité de l'église, et sur des bancs à dossiers, sous des fleurs de lis, la fleur du printemps et de la royauté de la France, se tenaient gravement MM. les conseillers au présidial, MM. les officiers des eaux et forêts, MM. les officiers municipaux en longues robes rouges bordées de noir. Entre ce banc vraiment royal et ces frères des écoles, sur les dalles, se tenait le *populaire*. Si d'aventure un des petits Monteil avait oublié ses *Heures*, le père, qui était assis sur les hauts siéges, passait son livre à l'enfant oublieux, et le livre, recouvert d'un chamois violet, arrivait, de main en main, à son adresse.

Nous n'avons pas encore dit au juste la profession de messire Jean Monteil. C'est une des lois de tout écrivain qui veut tenir en éveil son lecteur de garder toujours quelque chose en réserve. Il était, le croirez-vous, races futures ? *conseiller du roi* en sa qualité de commissaire aux saisies réelles, c'est-à-dire qu'il était chargé de l'administration des biens que retenait dame justice. Or cette charge importante ne valait guère moins de quarante mille livres, six fois le prix d'une charge de conseiller au présidial. Eh bien ! (toute grandeur a ses peines) ce *conseil-*

ler du roi se vit forcé d'intenter un procès à MM. les conseillers au présidial, qui l'empêchaient de s'asseoir sur le banc réservé aux magistrats de la cité. L'affaire, portée au parlement de la province, ne dura guère que six ans ; tous les grands avocats du Rouergue y prirent la parole, et finalement Jean Monteil et le bon droit l'emportèrent haut la main. Voilà par quelle suite de dits et de contredits il était parvenu à endosser la robe rouge et noire. Aux processions, il se contentait d'un habit écarlate, et son privilége lui ouvrait les rangs des frères jacobins, à la droite même du frère porte-croix. Autre privilége de M. le conseiller du roi : il avait une stalle haute chez nos frères les chartreux ; on l'encensait, lui et monsieur son fils, et pas un chartreux n'eût osé se permettre la distraction de ce prêtre de Cybèle dont parle Diogène Laërce en ses livres : « Ce prêtre était si distrait, qu'il mettait souvent l'encens à côté de l'encensoir. » Je connais plus d'un critique aussi distrait que ce maladroit encenseur.

Outre ces honneurs rares et signalés qui suffisaient et au delà à ses modestes ambitions, M. Jean Monteil avait conquis, avait usurpé un certain *veto* qui devait gêner quelque peu le système des armées permanentes. Il faut entendre raconter à M. Monteil lui-même la série et l'histoire de ces priviléges.

« Mon père, dit-il, qui était l'ami de tant de gens, n'avait garde de
» négliger l'amitié du prévôt chargé du tirage de la milice. Ce n'était cer-
» tes pas pour exempter messieurs ses fils, qu'il exemptait en effet à plu-
» sieurs titres : 1º comme officier royal ; 2º comme avocat ; 3º il les
» exemptait aussi en sa qualité de seigneur de fiefs. En revanche, il avait
» besoin d'aide et d'appui pour exempter les domestiques de ses fermes, et
» tous les deux ou trois ans il fallait qu'il s'ingéniât pour sauver de la mi-
» lice une couple ou deux de beaux garçons robustes et fleuris, que Dieu
» semblait avoir créés et mis au monde tout exprès pour le service du roi.
» Or, voici comment s'y prenait mon père en ces occasions difficiles : -
» Monsieur Comboulas ! disait-il au prévôt qui assistait avec ses archers
» au tirage de la milice, d'après les ordonnances, vous devez me passer
» un domestique ! — J'en conviens, disait M. Comboulas. Aussitôt pa-
» raissait un villageois qui était bien le domestique de mon père, mais
» qui était aussi et en même temps garde-pré, garde-chasse, jardinier et
» laboureur. Il était vêtu, pour la circonstance, d'un petit habit de serge
» verte, orné d'un pardon de laine en guise de livrée. « Celui-là est exempt,
» disait le prévôt. — Monsieur Comboulas, reprenait mon père, ma
» ferme est de neuf charrues, vous devez me passer un maître-valet ! —
» Va pour le maître-valet, disait le prévôt. — Monsieur Comboulas, je
» suis seigneur de Saint-Geniès-aux-Erres, j'ai le droit de nommer les
» consuls ; or, je nomme consuls de cette année vos deux conscrits : Jac-
» ques, mon premier bouvier, et Guillaume, mon trà-bouvier, c'est-à-dire
» mon second bouvier. » Et Jacques et Guillaume étaient consuls dési-
» gnés de Saint-Geniès-aux-Erres, village de trois maisons, lesquelles
» maisons composaient jadis une paroisse. — Exempts ! disait le prévôt.
» Aussitôt les consuls retournaient à leur charrue, aussi tranquilles pour

» le moins que le consul Régulus lorsqu'il s'en va passer les beaux jours
» à sa maison de Tarente.

» Quant aux autres, je ne sais pas tout à fait comment s'y prenait mon
» père; il trouvait toujours une excuse, un motif, une petite réforme
» par-ci, une petite maladie par-là. Cependant il en vint un parmi ces
» miliciens qui était si frais, si reposé, si nerveux, si gaillard. « Ah !
» pour celui-là, s'écria le prévôt, il n'y a point d'excuse; au moins en
» voilà un que je garde. Au chapeau ! mon drôle, au chapeau ! — Mon-
» sieur, dit mon père, vous pouvez le faire partir, mais le faire marcher,
» oh vous en défie. — Nous verrons bien, dit le prévôt. » Et il interroge
» le patient. Alors, bonté du Ciel ! voilà ce garçon (il était un peu bè-
» gue) qui se met à baragouiner un jargon inintelligible et d'une façon si
» plaisante, que le prévôt, les archers, l'assistance, se mettent à rire
» comme des fous. — Exempt ! dit encore le prévôt ! »

La bonne histoire ! Et quinze ans plus tard, quand il fallait à chaque
année une hécatombe de cent mille hommes, quand toute famille était en
deuil, quand tant de charrues, faute de bras, restaient oisives, quand
c'était à peine, sur mille conscrits, si l'on disait : *Exempt!* une ou deux
fois, bien souvent ces pacifiques Auvergnats ont dû vous regretter, digne
monsieur de Comboulas !

Hélas ! ce bonheur, cette prospérité, cette abondance et ces faciles som-
meils, tous ces bonheurs de l'ancien monde allaient disparaître au milieu
des tempêtes. « Le 14 juillet 1789, une plus grande cloche que le bour-
don de la cathédrale se fit entendre au fond même de l'Auvergne et du
Rouergue, et ce premier coup du tocsin fit plaisir à mon père; au second
coup, mon père eut grand'peur ! » Au second coup de cette cloche funèbre tout se brisa, car, en dépit de la fable, en ces tempêtes sociales, le
chêne et le roseau eurent le même sort. D'abord on fit tête à l'orage, et
bien vite il fallut reconnaître que l'orage était le plus fort. Plus de liber-
tés, plus de charges, plus de priviléges, plus d'honneurs, plus rien de la
fortune et des petites distinctions d'autrefois; plus de galon d'or au chapeau, plus de livrée au valet, plus de fleurs de lis sur les bancs de l'é-
glise, et bientôt plus de banc, et bientôt plus d'église ! Dans ces désas-
tres et dans ces famines mêlées de meurtres, dans ces cris de *Ça ira* et de
Marseillaises (nous étions loin de votre chanson, *Bergères* !), le ci-devant
conseiller, le quasi-noble, le magistrat-seigneur de fiefs, le chrétien et le
père de famille, Jean Monteil, qui passait naguère la tête haute et la
main fièrement posée sur sa canne à pomme d'or, à travers ce peuple qui
l'honorait, saluant chacun et salué de tous chapeau bas, hélas ! à peine il
osait se montrer : il n'était plus qu'un aristocrate, un *ci-devant*, un sus-
pect ! Autour de lui le silence et la solitude. Chaque jour apportait un
nouveau meurtre, une spoliation, et cette terre volée au misérable égorgé
la veille rencontrait aussitôt un acheteur. Ces Auvergnats sont les vrais
enfants de la folle-enchère; ils achètent aussi volontiers un vieux château
qu'un vieux chaudron, pour peu que le château ne se vende pas plus
cher. Du château féodal ils avaient fait bien vite une ferme, de la cha-

pelle une grange, de la seigneurie un bien national. Ainsi furent déchirés aux criées publiques les beaux biens de la famille des Guiscards, les terres nobles du Dauphiné d'Auvergne, les domaines de la duché d'Arpajon. Maître Jean Monteil suivait d'un regard indigné ces jeux sanglants de la fortune insolente. « A quoi s'amuse Jupiter ? s'écrie un philosophe. Il s'amuse en ce moment à exalter les choses viles, à abaisser les choses grandes ! » Ainsi pensait l'indigné Jean Monteil. Dans ces usurpations par force majeure, il voyait disparaître tous ses amis l'un après l'autre. Le premier qui disparut sous le couteau, son ami et son hôte, M. le baron d'Ussel, était, comme Nemrod, un grand chasseur *devant le seigneur*. Il aimait et cultivait la vie avec le plus grand soin, ce digne baron, et cependant il était très économe, et même quelque chose au delà. C'était, par exemple, un de ses *tics* : chaque dimanche, à peine l'aumônier du château d'Ussel avait dit le dernier mot de l'Evangile, aussitôt M. le baron soufflait la chandelle au nez de l'aumônier. Eclatante leçon d'économie ! En profitait qui voulait; le digne baron en profitait tout le premier. On vous épargne ici tous les meurtres de ces époques horribles. A quoi bon revenir sans cesse et sans fin sur ces horreurs? « J'écris ces choses pour moi-même, uniquement pour me délivrer des souvenirs qui m'obsèdent, et pour me consoler par le récit de mes propres misères, qui ne sauraient profiter à l'imprévoyance de l'époque où nous vivons. » *Non ut seculo meo prosit cujus desperata miseria est !* Ainsi parle un poëte de la renaissance; il a raison, la honte et les douleurs du passé sont perdues pour l'avenir. *Si jeunesse savait, si vieillesse pouvait*, dit le proverbe. Il est de fait que c'est un des priviléges des jeunes gens, — l'imprévoyance, — et c'est le dernier repos des vieillards, — l'impuissance. On nous a bercés de ces histoires; les contes de l'ogre ont été remplacés, pour nous enfants, par ces contes de la *terreur;* la fée à la baguette d'or a cédé sa place à ces décrets sanglants de la Providence, épouvantée elle-même de ses forfaits... Et maintenant à quoi nous ont servi ces drames terribles dont notre mère elle-même avait été le témoin oculaire, et quels utiles enseignements nous ont apportés ces échafauds rougis du sang de nos aïeux ? — Que nous ont appris ces clubs, ces antres, ces cavernes, ces motions, ces tambours, ces conspirations, ces accusations, ces délations, ces mensonges, les circonstances et les récits des meurtres de Paris, les fureurs de la Convention, ses héros et ses doctrines, cette monarchie égorgée à outrance, ces gémissements, ces malédictions, tant de larmes versées, tant de sang répandu dont la vapeur obscurcit le ciel irrité, toutes les tragédies et tous les drames contenus dans un seul et même drame, précipitant dans un sombre et muet désespoir ces âmes jusque là innocentes et paisibles? Il me semble que c'est Platon lui-même qui parle quelque part de ces tristesses, armé d'un grand clou très fort et très pointu, qu'elles enfoncent dans le corps et dans l'âme des hommes, afin que l'âme ait la même opinion que le corps. Justement l'infortuné Jean Monteil se sentait percé de ces pointes aiguës, et il ne songeait pas à se défendre. Ces lâches époques sont châtiées par leur même lâcheté : elles suffiraient à déshono-

rer les plus beaux caractères ; elles brisent les oppositions les plus géné-
reuses ; elles vous tiennent incessamment dans l'état où vous plongerait
un mauvais rêve sorti de l'abîme ; elles réduisent à néant les trois genres
de justice, qui ne font qu'une seule et même justice : elles refusent à Dieu
ce qui lui revient dans nos respects, aux hommes ce que leur doivent nos
sympathies, aux morts elles refusent un tombeau !

Ainsi cet homme qui était brave, intelligent, bien né, et qui avait autour de lui tant de choses à défendre, il ne songeait même pas à s'enfuir.
Il attendait que son heure fût venue, et que le bourreau le vînt prendre à
son tour. Il avait élevé, dans les temps propices, deux jeunes gens dont
il avait fait deux secrétaires : Jérôme Delpech et Jules Baulèze, le fils
d'une ravaudeuse, et ses deux secrétaires étaient passés dans les bureaux
des districts. Là ils furent témoins de bien des crimes ; de temps à autre
ils disaient tout bas à leur ancien maître : Prenez garde ! hâtez-vous !
fuyez !... Jean Monteil ne voulait rien entendre. Un jour, il apprit que le
fils de la ravaudeuse était accusé comme aristocrate ; un autre jour, il vit
mourir Jérôme Delpech, emporté par le typhus des prisons. Un jour enfin,
on le vint prendre en sa maison ; il traversa, sans rencontrer un geste de
sympathie, un regard de pitié, ces rues désertes, où les chiens même
n'osaient plus aboyer. Il était perdu cette fois, il appartenait au bourreau ! Dans cette église des cordeliers, où naguère il chantait les vêpres
du haut de sa stalle en bois de chêne, il rencontra deux vieilles femmes
agenouillées sur les débris de l'autel, la Baulèze et une bonne vieille qui
vendait des oublies aux enfants ! La ravaudeuse avait été jetée en cette
prison en sa qualité de mère d'aristocrate, de l'aristocrate Baulèze ! La
marchande d'oublies chantait le *Veni Creator !* — La chute de Robespierre
a sauvé Jean Monteil, et tant d'autres ! Il sortit de sa prison, il en sortit
ruiné ou peu s'en faut. En retrouvant un peu de liberté, il retrouva le
courage ; il vendit sa maison, il prit congé de la ville, il se retira dans
les champs, emportant ses enfants, ses livres, son christ d'ivoire, sa ta-
pisserie en toile peinte, au prix de trois francs l'aune, par quelque Ter-
burg vagabond qui avait jeté sur ces tentures rustiques, dans un pêle-
mêle harmonieux, les fruits et les fleurs de son caprice au milieu des neiges et du soleil de sa création. Dans cette maison des champs s'arrangea
et se blottit l'humble famille ; on vécut de rien, on vécut de peu ; on at-
tendit patiemment des jours meilleurs. Or voici comment s'aperçut Jean
Monteil que l'ordre revenait peu à peu. Son fils aîné était un des employés
de la ville, et quand le jeune homme avait à voyager, on lui *requérait* un
cheval : on vivait alors en pleine *réquisition*. Tant que la terreur fut à
l'ordre du jour, la *réquisition* requérait les plus beaux chevaux de la contrée ;
peu à peu le *requérant* n'obtint que les mauvais, et bientôt après il fallut se
contenter des plus rétifs. — Ah ! disait Jean Monteil, Dieu soit loué ! il
me semble, monsieur mon fils, que votre municipalité ne fait plus peur
à personne... Un jour enfin le jeune homme vint... à pied ! — Bon ! dit
le père en riant de toutes ses forces, voilà la réquisition à vau-l'eau !

Tel était le chef de cette famille, abandonnée à ses bons instincts depuis que la mère était morte, au commencement des années sombres, emportant avec elle la vraie et sincère fortune de tous ces êtres de sa tendresse, que le bon Dieu lui avait confiés !

II.

« Elle mourut, dit M. Monteil, en parlant de sa mère (et ce voile funèbre ne gâte rien à l'énergie, à la beauté de cette douce image), elle mourut environnée de tous ceux qu'elle aimait, dans une maison à elle, que ses aïeux habitaient depuis tantôt *deux ou trois cents ans !* » Vous l'entendez ! il parle de deux ou trois siècles comme nous parlerions d'une vingtaine d'années : cent ans de plus, cent ans de moins, bagatelle ! — Il se souvient seulement qu'il y avait en ce temps-là, dans sa calme et heureuse province, un certain nombre de ces maisons roturières qui étaient aussi vieilles que la cité, tant le sol était solide et fort sur lequel ces maisons étaient bâties. Les révolutions, les changements, les batailles, les guerres, l'immense absorption que fait Paris, cette pompe aspirante et foulante, de toutes les forces et de toutes les intelligences de la province, le hasard enfin, ce dieu nouveau, ont cruellement dérangé la stabilité de ces générations bourgeoises, qui avaient pour devise ce mot du droit romain : *Qui tenet — tenet !* « Celui-là tient bien qui tient une fois. » Aujourd'hui il n'y a plus que la feuille qui tienne à l'arbre un instant. Trois cents ans ! C'était pourtant le compte exact de cette *demoiselle* Monteil, une des plus humbles filles de la cité, bien que son mari lui rappelât de temps à autre qu'elle tenait par son père aux Bandinelli d'Italie, et par sa mère à très haut et très puissant seigneur Jacques de Maffettes, dont l'écusson se voyait encore à demi effacé sur la muraille, et dont l'argenterie était chargée d'armoiries ! — Bon ! répondait la dame, ils sont bien loin ces Bandinelli, ces Florentins, et c'étaient, ce me semble, en leur temps, d'assez médiocres sujets. Quant à M. de Maffettes, il avait fait graver, j'en conviens, ses armes sur notre maison et sur sa vaisselle plate ou montée ; il est fâcheux que la cour *des aydes* ait gratté les armes et brisé l'argenterie des Maffettes comme *roturière.* — Elle avait donc une très bonne âme et peu orgueilleuse, cette jeune femme Monteil ; elle ne songeait qu'à son père, le petit marchand de drap, et non plus aux Maffettes qu'aux Bandinelli. Ces Bandinelli, je les regrette, ils m'auraient servi à enfler ces mémoires. Florence n'a pas oublié ce digne élève de Michel-Ange, Baccio le sculpteur, cher à Léon X, protégé du grand Doria, et ce Bandinelli eût été une belle alliance pour les Monteil, un vaste sujet de déclamations pour moi, leur historien. Comme aussi je me serais fort bien arrangé d'une certaine parenté avec cette illustre famille des Sévigné-Monteil, qui tenait aux Castellane de Provence, une des plus grandes maisons de l'Europe. Il y a, Dieu merci, encore de ces Sévigné-Monteil dans le midi ; un de ces Monteil disait un jour à l'auteur de l'*Histoire des Français* : — « Je veux vous faire un procès, à ces fins de vous faire ouïr que vous n'avez pas le droit de vous appeler Monteil ; je perdrai ma cause, et vous serez notre cousin ! » — Certes il faut reconnaître au fond de cette plaisanterie une certaine ambition honorable pour tout le monde ; la droiture et le bon sens de M. Alexis Monteil le préservèrent de la tentation. Il se rappela le *haut et puissant seigneur* de Maffettes et son argenterie brisée, et il déclina l'honneur de l'honorable procès qu'on voulait lui intenter. Il racontait très bien cette anecdote, ajoutant cependant que sa mère était devenue une *dame* deux ou trois ans après avoir mis au monde son troisième fils, *fils de M. Monteil, avocat, et de mademoiselle Monteil, son épouse*, disait le registre. Être une *dame* autrefois, et surtout à Rhodez, cela avait un sens très net et très précis. « La femme d'un riche marchand, d'un notaire, d'un médecin, d'un avocat, était *mademoiselle !* et la nation des artisans pour rien au monde ne l'eût appelée *madame ;* il n'y avait que les femmes des nobles et des conseillers au présidial qui eussent le droit de prendre le titre de *dame !* Aussitôt que mon père fut conseiller du roi, ma mère fut *dame*, au vif contentement de mon père, qui tenait en grand honneur les moindres distinctions. »

Pour compter déjà deux ou trois cents ans d'existence, cette maison de de la rue Neuve, à Rhodez, n'en était pas plus gaie et plus claire ; elle était bâtie en grès noirâtre, et les croisées en croix de pierre rappelaient les temps de la ligue, et même le temps du bon roi Louis XII. Plus tard, on fit la dépense utile d'ouvrir tout à fait les fenêtres, et on les dégagea de la croix qui obstruait le jour. Dans ces murs, la mère de famille était née ; elle y a passé son enfance, sa jeunesse, son âge mûr ; elle y est morte. Enfant, elle avait eu deux aventures dans cette maison. Une fois elle était montée sur l'appui de la boutique de son père au moment où passait en voiture M. de Tourouvre, évêque de Rhodez ; elle fit même au prélat une si belle révérence qu'il lui dit avec un beau geste : *Bonjour, petite !*—Autre aventure : Dix ans plus tard (elle était encore toute jeunette, mais on l'appelait déjà *la belle Marie*), le ruisseau de la rue avait subitement grossi, comme *la belle Marie* revenait de l'église ; elle hésitait à franchir l'onde noire, lorsque M. le *juge-mage*, en grande tenue, prit la belle enfant sous les deux bras et la porta de l'autre côté de l'eau. Il ne faudrait pas croire cependant que Mlle Marie ait fait parler d'elle à outrance. Elle était si réservée et si modeste, en dépit de ces deux triomphes, qui auraient fait tourner la tête à toute autre fille, que jamais on ne put lui persuader de venir danser aux violons dans le beau salon du père de Jean Monteil. Et pourtant ce Jean Monteil n'avait guère alors que vingt-trois, vingt-quatre ans ; il était la coqueluche des beautés de la ville, et pas une mère qui ne le couchât en joue pour sa fille ! En vain le père de Jean Monteil invitait Marie avec sa mère, il lui disait que Mme *une telle* y serait, et Mme *une telle*, et qu'on entendrait sur sa vieille Ternot le ménestrel, Ternot de Longoustovi ! Marie Mazet n'écoutait rien de cette oreille-là ; ce que voyant, et qu'elle était la plus sage comme la plus belle de toutes les filles à marier, Jean Monteil, qui pouvait prétendre à des filles plus riches *et d'un rang plus élevé*, se décida à demander en mariage l'ingénue et la belle Marie Mazet.

Ainsi la voilà mariée... On la voyait peu; tant qu'elle fut une jeune fille;
à peine mariée, on ne la vit plus. La seule et unique fois qu'elle parut en
public, ce fut un matin, dans un château voisin, où, d'une voix douce et
fraîche comme son visage, elle chanta l'aubade à la porte nuptiale d'une
nouvelle mariée, et depuis ce jour de grande exception on ne l'entendit
plus chanter qu'au berceau de ses enfants. Elle n'a reçu qu'une visite; elle
n'a fait qu'une seule visite en toute sa vie, et ce furent encore deux grands
événements qui vinrent compléter les deux grands événements de son enfance et de sa jeunesse. Il arriva donc que le nouveau gouverneur de Rhodez, étant en train de faire ses visites de bon avénement aux principaux
de la ville, se fit annoncer chez Mme Monteil. La dame était dans sa cuisine; c'était autrefois la pièce habitée de la maison. La servante du logis
voyant ce grand seigneur qui demandait madame, le fit entrer dans l'endroit où madame se tenait de préférence, et ce fut à grand'peine si monseigneur trouva une chaise où s'asseoir. Vous jugez de l'embarras; et si
la maîtresse de céans fut mal à l'aise jusqu'au moment où son mari, en-
tendant ce remue-ménage, vint à son secours. — Au contraire, ô misère !
il fallut une autre fois que ce fût Mme Monteil qui fît une visite à la princesse de Rosbac. La princesse de Rosbac!... En vain la pauvre femme
prie et supplie, il faut obéir. Donc elle se fait belle, elle prend ses jupes
et son visage des dimanches; elle arrive enfin émue et tremblante, et la
princesse la fait asseoir à ses côtés, l'encourageant à parler avec mille
bonnes grâces. Vains efforts ! l'humble bourgeoise ne sut que dire à cette
grande dame, et elle rentra dans sa maison, délivrée enfin de sa quatrième
et dernière aventure. Ici, en effet, s'arrêtent les grands événements qui
devaient signaler ces heureuses et paisibles journées. Après cette visite à
la princesse de Rosbac, la jeune femme se dit à elle-même qu'elle avait
définitivement obéi à toutes les exigences du monde, et désormais, tout
entière à ses devoirs de mère de famille, elle resta cachée, obscure, timide, humble; on ne la vit plus jamais au dehors, sinon pour aller à l'é-
glise; à peine on l'entendait à l'intérieur de ses domaines, et pourtant
elle était la maîtresse absolue dans son gouvernement. Ce qu'elle disait
était un ordre, ce qu'elle faisait était bien fait ; elle réglait toutes choses,
elle entrait dans les moindres détails; la première elle était debout le
matin ; la nuit venue, et quand tout dormait autour d'elle, elle se cou-
chait enfin. Un quart d'heure avant que la cloche du collége appelât ses
enfants dans leur classe, elle faisait déjeuner son petit monde : des fruits
en été, de la galette en hiver, du pain de fleur de seigle en tout temps ;
ajoutez à ce déjeûner frugal un doigt de vin, et tout était dit. Elle dé-
jeûnait de la même façon; tout en rangeant autour d'elle, ou bien elle lisait le thème et la version de la veille; si elle ne comprenait pas le français de la version, elle disait qu'elle était mauvaise à coup sûr; si elle
comprenait le latin du thème, elle disait qu'il n'était pas bon certaine-
ment. Les enfants partis, elle rentrait un instant dans sa chambre, par-
quetée, boisée, plafonnée et tapissée d'une tenture de feltrine, et, sa toi-
lette faite, elle descendait à sa chère cuisine, où elle passait sa vie à cou-

dre; à acheter, à vendre, à raccommoder les hardes de ses garnements.
A peine une fois l'an elle habitait un vaste salon qui était froid, humide
et garni de fauteuils enfouis dans leur immuable fourreau de toile bleue.
On dînait dans la cuisine : il y faisait chaud en hiver, frais en été; elle
était gaie en toute saison; là table y était toute dressée; une table en
noyer, portée sur un lourd pliant; et l'on peut dire qu'à chaque repas les
dix-huit jambes de la famille avaient grand'peine à se combiner, à s'ar-
ranger à leur belle aise. Le dîner même ressemblait à l'accomplissement d'un
devoir dans cette maison correcte et chrétienne. Le *Benedicite* et les *Grâces*
suivaient et précédaient chaque repas; on dînait à onze heures, on soupait
à six heures; la table était servie en linge gris, en faïence brune; ici les
couverts d'argent; plus bas les couverts d'étain; le père était assis du
côté du feu entre ses deux fils aînés, la mère entre les deux plus jeunes
enfants; c'était elle qui coupait, tranchait, et servait chacun d'après son
rang en qualité et en quantité; « ni trop ni trop peu »; c'était sa maxime,
et ces repas si simples et si bien réglés rappelaient chaque jour cette dé-
finition de la table, lorsque le bon Plutarque appelle la table « une société qui par le commerce du plaisir et par l'entremise des grâces se
change en amitié et en concorde. » Athénée appelait cette table du père
de famille d'un mot grec qui veut dire *charité* et *bienveillance* tout ensemble. « Il semble, dit-il, que la même nourriture, produisant les mêmes
qualités dans le sang et dans les esprits, produise la même sympathie entre
les convives, et qu'ils deviennent un même corps; une même âme. » On
raconte aussi qu'un général athénien, à table avec ses enfants, leur disait souvent qu'un repas sage et bien entendu était un conciliabule des
dieux propices : — *Mensæ Deos adesse*; disait Ovide en ses heureuses
chansons.

Le souvenir du double repas qu'il faisait enfant chez son père et sa
mère est resté d'autant plus dans la reconnaissance de M. Monteil, qu'il
est peut-être l'homme de France, et à coup sûr l'écrivain de tous les
temps, qui ait mené la vie la plus sobre; et qui se soit abstenu le plus
entièrement de toute superfluité dans le boire et le manger. Il vivait de
rien; il mangeait seul; il ne s'est pas assis deux fois; que je sache; à la
table d'un ami. En vain on le priait, on le suppliait; en vain les femmes
les plus charmantes lui disaient d'une voix tendre : *Soyez des nôtres !* il
s'en allait; et dînait à sa guise, en marchant; d'un petit pain ! Ah ! le
féroce ! Après trente ans de séparation, il rencontre un jour, sur le bou-
levart de la Bastille, un sien ami; un philosophe de son espèce, un stoï-
que. Ils se jettent dans les bras l'un de l'autre, et quand ils se sont em-
brassés tout à leur aise : — Ah çà ! dit M. Monteil, tu déjeuneras dimanche à Passy; chez moi, avec moi ? — L'autre accepte. — Mais, dit Monteil,
ne viens pas avant neuf heures et demie, entends-tu ? — C'est convenu.
— Les deux amis se séparent, et le dimanche suivant l'ami retrouvé s'en
va d'un pied léger à Passy. Il monte (en ce temps-là, M. Delessert, cet
homme excellent, qui a laissé sur ces collines heureuses tant de bons et
charmants souvenirs, n'avait pas aplani la vallée, abaissé la montagne,

et la montagne était rude à franchir) ; il monte, il grimpe, il arrive chez
son ami Monteil ; il était neuf heures et quelques minutes seulement. Porte
close ! En vain il frappe, il frappe à la porte de son ami, rien ne bouge !—
A la fin, notre affamé découvre, au coin du palier, un pot de grès qui
pouvait bien contenir pour quatre sous de lait, et, sur ce pot, deux petits
pains d'un sou chacun. — Bon ! dit-il. Il boit la moitié du lait, c'était
son droit ; il emporte un des deux pains de la fournée, et sur la porte
fermée il écrit à la craie : « Ami Monteil, ne vous dérangez pas, j'ai dé-
jeuné ! » Sur l'entrefaite sonne l'heure et sa fraction. La porte s'ouvre, et
M. Monteil, lisant l'inscription de son ami : « Le malheureux ! dit-il, il
ne saura jamais ce qu'il a perdu !... » Il conservait pour cette fête interrompue un pot de cerises confites par sa femme, il y avait dix ans, *sous
le Consulat de Plancus.*

Pensez donc alors s'il se rappelait avec délices les gais et faciles repas
de son enfance, quand, le père ayant salué la mère de famille, qui lui rendait gravement son salut, chacun prenait sa part de ces festins de l'âge
d'argent, en compagnie de ces cœurs de l'âge d'or. Quant à la carte de
ces festins, elle était peu variée, et telle était la loi de ces tables frugales,
que le même plat revenait invariablement chaque année, à la même heure
et le même jour. Chaque année apportait à cette table indulgente ses
biens de chaque saison, jusqu'au moment où le *mitron* se montrait à la
ville enchantée, au son de ses sonnettes argentines. Ah ! le *mitron !* c'est
le nom de l'âne aux montagnes du Rouergue. Quand l'heure arrivait du
raisin frais, à demi caché sous la feuillée en octobre, arrivait aussi le
mitron, la tête haute, entre ses deux paniers chargés des premières vendanges ; il arrivait annonçant les fêtes des vacances prochaines, et *faisant
sonner ses sonnettes.* Il faisait ainsi trois ou quatre voyages de la vigne à la
ville et de la ville à la vigne, et, quand la maison de Rhodez était suffi-
samment garnie et approvisionnée de raisins dorés par le calme soleil
(délicieuse espérance des goûters de l'hiver), aussitôt la famille entière
prenait sa volée, aussitôt commençait la fête des vendanges définitives, la
fête et l'espérance du vin nouveau. Pour les gens du nord, ce n'est rien
ce mot : *vendange !* A ce souvenir un homme du midi sent battre son cœur,
et soudain lui apparaissent en leur déshabillé charmant les belles heures de
son enfance, en pleine santé, en pleine abondance, en pleine sécurité de
l'âme et d'un beau jour. De Rhodez même on allait *aux vignes* en grand triomphe. Premièrement on avait grand soin d'asseoir la mère de famille sur le
dos d'une douce et paisible haquenée ; les enfants, montés sur les ânes,
faisaient cortége à leur mère ; les domestiques et les vendangeurs suivaient
à pied, le panier au bras ; l'ovation amenait à sa suite un char rustique,
attelé de deux bœufs ; le char était rempli des pains savoureux et des
grandes formes de fromage du Cantal. Quatre lieues séparaient la ville du
vallon, quatre lieues sans fin, par un terrain étiolé, parsemé de prune-
liers sauvages ; mais plus la route est longue et plus le charme est grand,
lorsque tout à coup à ces beaux regards impatients viennent s'ouvrir ces
vallons de Tempé, chargés de vignes et d'arbres fruitiers ! Et la vigne, et

la pomme dorée, et le pampre ami des hauteurs, et la pêche balancée au vent du midi, s'en vont franchissant ces douces collines de compagnie, et décorant de leurs splendeurs savoureuses ces longues expositions où la feuille verte de l'été, mêlée à la feuille jaunissante de l'automne, protége le raisin mûr contre les rayons du soleil. O la joie ! et les enfants de crier : *Terre, terre !* et de s'emparer de leurs domaines, à la façon de Guillaume, ivre à l'avance de sa conquête.

Dans les *vignes* de Monteil le père, Mme Monteil seule était sérieuse : elle restait d'ordinaire au logis, ne se sentant pas assez vaillante pour franchir les terrasses à travers ces ceps pareils à des buissons d'épines ; elle se plaisait dans le pré attenant à la maison, sous quelques arbres touffus dont elle aimait l'ombre et le frais ; elle se promenait seule, en silence, et, quand par hasard son fils Alexis lui tenait compagnie, il sentait, au tressaillement de la main maternelle, que sa mère en était heureuse ! « Elle était elle-même si charmante ! Un si tendre parler, un si doux sourire ! » Sa conversation était remplie de peintures, de poésie et de sel, *comme les bons morceaux des romans de Lesage.* — Elle se plaisait en mille causeries avec elle-même. — « On la voyait des heures entières à sa fenêtre et les yeux levés au ciel. — Ma chère femme, à quoi pensez-vous ? lui disait mon père. — A l'éternité ! répondait-elle de cette douce voix qui allait à l'âme. » Cette noble tête se penchait sans épouvante au dessus de ces abîmes sans fin, sans limites, au delà du temps, au delà de l'espace... l'éternité !

Il ne fallait pas moins de quinze grands jours pour venir à bout de cette vendange ; après quoi s'en allait chaque vendangeur, emportant pour sa peine une pièce de trente sous et son panier plein de raisins. Plus calme alors la maison s'ouvrait aux bonnes amies de Mme Monteil : la Laforeste, qui l'embrassait à l'étouffer ; la Derelate, une bonne et douce créature qui ne voyait qu'une fois par an ces belles choses : l'espace, la verdure et le soleil ! Il y venait aussi la jeune femme d'un vieux procureur, puis une belle artisane, monteuse de coiffes, qui parlait des modes de la ville à ces campagnes étonnées. Le père Grosset avait son tour : c'était un janséniste tout ridé, qui s'était battu vaillamment contre la bulle au temps des grandes batailles théologiques. Il avait le mot pour rire, ce savant père ! De ces histoires, j'en passe et des meilleures : je n'ose pas insister sur ces enfantillages charmants, tant j'aurais peur de toucher d'une main maladroite à ces fibres du cœur humain où frémit encore en mille harmonies le son divin des jeunes années. La naïveté est un privilége que donnent l'âge, l'autorité, l'approbation, le consentement unanime, le génie ! Il faut être un enfant, ou tout au moins il faut être M. Monteil septuagénaire, pour raconter ces choses enfantines. — Nous devons cependant consigner ici quelques uns des préceptes de cet esprit ferme et juste. Mme Monteil disait qu'une mère de six enfants n'avait pas le droit de *se dépenser* au dehors ; elle disait aussi : La route est longue ; allons droit devant nous ; une fois au but, nous aurons le droit de nous reposer et de nous plaindre. — Par son exemple, elle enseigna à ses enfants qu'il faut rendre à Dieu ce qui est à Dieu, à César ce qui est à César. Elle avait un sien voisin qui était tout ensemble épicier et consul du faubourg : quand l'épicier se présentait chez elle dans l'exercice de ses fonctions, elle ne l'eût pas fait asseoir pour un empire ; mais si, le jour suivant, le sérénissime consul se montrait dans l'exercice de sa charge, aussitôt elle retroussait sa robe comme à l'église, et elle dessinait ses plus belles révérences. — C'est le magistrat, disait-elle, il le faut saluer comme il convient.

Elle mourut comme une sainte qui se souvient qu'elle est mère ; elle emportait dans sa tombe honorée la fortune de cette famille dont elle avait été l'ange gardien. La maison se fût relevée peut-être après les misères de la terreur, si elle eût retrouvé cette reine active et bienveillante du foyer domestique : elle était l'économie, elle était la règle, elle était le frein, elle était l'espérance, la consolation et le conseil de ce petit monde, soumis à sa loi bienveillante. — « Elle est tombée en poussière, et notre maison est tombée avec elle ! » Ainsi son fils, son *petit* Alexis, la pleurait à la distance de soixante et dix ans.

III.

Accipe Danaum insidias.... c'est-à-dire écoutez maintenant l'histoire des *Français et des Françaises des divers états* dont se composait la famille de Jean Monteil. *Monsieur l'aîné* s'appelait Jean-Baptiste-Jacques. Il se vantait d'avoir vu les jésuites, mais, là, de vrais, de purs, de sincères jésuites, des jésuites comme on n'en voyait plus. Il avait vu M. le duc de Richelieu, et il l'avait flairé en passant comme on flaire un brin de muguet. A Toulouse, il avait été un des six mille lions qui avaient assiégé le *Capitole ;* il aurait pu être un des quinze écoliers qui se firent tuer à l'assaut de cette roche tarpéienne. *Malheur aux vaincus !* Cette fois ce fut le Capitole qui écrasa les Gaulois.

M. l'aîné portait le chapeau galonné et l'habit d'un parfait cavalier, moins l'épée ; il jouait de la guitare et donnait des sérénades aux jeunes pensionnaires de Sainte-Catherine. Evidemment il était né pour la guerre ; il s'appelait lui-même *agathos* (bon, brave à la guerre), comme dans les Racines grecques : c'est pourquoi il voulut se faire avocat. Comment il fut reçu avocat, on n'en sait rien, à moins qu'il n'ait trouvé pour l'interroger ce bon M. de Lusignan, évêque de Rhodez. M. de Lusignan, comme il présidait un acte de théologie, eut pitié d'un jeune clerc qui était resté court et ne savait plus que répondre au docteur qui l'interrogeait. —Vous le troublez, dit M. de Lusignan au maître ès arts ; laissez-moi l'interroger, vous verrez s'il ne va pas répondre à merveille. En même temps il se tournait vers le jeune homme. —Mon ami, lui dit-il, quel âge avez-vous? — Vingt ans, monseigneur.— Bon cela ! Comment se nomme votre père? — Il s'appelle Jean Leroux. — Très bien ! Où logez-vous? — A la ferme des Aulnes.— A merveille ! Et combien avez-vous de sœurs ? — Trois.— De frères?— Cinq. — Et ce matin qu'avez-vous fait ?—Je me suis levé... je me suis habillé... j'ai fait ma prière !... Alors le prélat, interrompant le jeune clerc : — Voilà ce qui s'appelle répondre, mon enfant! vous serez quelque jour un grand docteur.

M. l'aîné fut donc avocat, musicien et poète. Quand il fut reçu avocat, M. l'aîné voulut essayer son éloquence naissante sur un petit voleur de grand chemin, et son client ne fut condamné aux galères que pour toute sa vie. Alors, quand Jean Monteil vit réellement que son fils était un avocat pour tout de bon, il songea à le marier avec une sienne cousine d'au delà des monts, dont le père était un riche agriculteur. Sur ce projet, voilà le vieux Jean Monteil qui franchit la montagne; il arrive. Il est le bienvenu chez son cousin; il fait ses offres. On ne lui dit pas non! — Seulement, lui dit-on, je veux rendre la réponse sur vos terres, mon compère. Le fait est que, huit jours après la visite de Jean Monteil, il vit arriver chez lui son bon parent, le père de la fille à marier, lequel père était accompagné d'un certain M. de Montfol, qui était bel et bien seigneur d'un fief, et le conseil de notre demi-manant. — Qu'en dit M. de Montfol? demandait à chaque instant le père de la prétendue; et M. de Montfol répondait d'un geste équivoque. Ils virent tout, la maison de ville et la maison des champs; ils calculèrent ce que les meubles pouvaient valoir, ce que les vignes pouvaient rapporter; ils s'informèrent discrètement du préciput et du *hors-part*. Seulement ils oublièrent de demander où était le futur gendre, M. l'aîné. M. l'aîné cependant donnait des sérénades aux filles du voisinage; il comptait sur ses fleurs, sur ses grâces, sur ses distiques, chansonnettes et sonnets, pour dompter le cœur de l'inhumaine... Et comme il était en train d'aligner son *martyre* avec son *délire*, il se trouva que l'inhumaine épousa, à la barbe de M. l'aîné, un jeune cadet non apanagé qui parlait en bonne prose; à ces causes, messire Jean-Baptiste-Jacques Monteil, malgré ses droits d'aînesse, fut avisé d'aller chercher fortune ailleurs.

Cet aîné eut le grand malheur de venir au monde au moment où tous les droits anciens, y compris le droit d'aînesse, allaient être absorbés par le droit nouveau. Il fut la victime du monde féodal, qui l'écrasa sous ses ruines. La révolution lui fit peur autant que s'il eût porté un des grands noms du royaume de France, et il se sauva dans les montagnes du Gévaudan, où il se plaignait tout bas de ses grandeurs. « S'il vous arrive des malheurs dignes des fautes que vous avez faites, ne soyez pas assez injustes pour en accuser les dieux! » C'est le mot d'un sage, et notre aîné, en son gîte songeant, en était venu, lui aussi, à ne pas accuser les dieux de son infortune. Il s'accusait lui-même d'arrogance, d'orgueil, de vanité, d'imprévoyance. La nécessité en avait fait un philosophe, elle n'en fit pas un homme brave. Dans ce Gévaudan, il arriva qu'un ex-notaire *royal* de village, un Monck en sabots, nommé Charriè, entreprit de rétablir la monarchie et le roi légitime. A la tête de cinq ou six mille paysans armés de bâtons et portant au chapeau une cocarde en papier blanc, Charriè se mit en campagne, et bientôt il s'empara sans coup férir de Mende et de Marvejols. Puis, comme il voulait renforcer son armée de quelques braves gens, le grand Charriè fit de notre aîné un colonel. Le colonel Monteil! cela sonnait bien, cela sonnait creux; cela sonnait l'exil ou tout au moins

l'échafaud. Comment faire? Accepter était dangereux, refuser était difficile. Ici Charrié et sa bande, et là-bas le comité de salut public! — Il y
avait bien un moyen terme, l'héroïsme; on pouvait répondre aux proscrip-
teurs un de ces mots dignes des vieux Grecs. « Les Athéniens te chassent
de leur ville... — Et moi, répond l'exilé, je les condamne à y rester. » Il
y avait encore un beau mot à emprunter à l'histoire de ces républiques
turbulentes qui punissaient de leur vertu même leurs plus grands ci-
toyens. « Chère patrie, adieu! disait Solon; moi absent, et c'est ce qui
me fâche, tu restes privée du dernier ennemi de Pisistrate! » Il y avait
aussi Anaxagore, qui disait: « Je suis banni des Athéniens, dites-vous? eh!
ce sont les Athéniens que je bannis loin de moi. » L'aîné des Monteil n'en
savait pas si long; il eut recours à une ruse qui consistait à porter une
cocarde tricolore au dedans et blanche au dehors. Il en était quitte pour
retourner sa cocarde du bon côté, du côté où souffle le vent, du côté des
forts, des puissants, des vainqueurs. « Ayez le vent en poupe, et vous
trouverez toujours de bonnes gens pour monter dans votre barque. » C'est
un mot de Tacite : *Ubi sis ingressus, studia et ministros*. Quand enfin sa ruse
eut été découverte, M. l'aîné se cacha dans le plus humble réduit de sa
basse-cour. Un aîné, un colonel, au milieu des poules effarouchées! C'est
comme on a l'honneur de vous le dire, et trop heureux fut-il d'échapper
au sort de Charrié, et de cultiver en paix, au milieu des guerres de l'empire, les deux pommes de terre en crédit dans son canton, la noire et la
jaune, le raisin blanc et le raisin noir, excellents raisins à brasser du vin
de Gévaudan, s'il faut l'appeler par son nom...

> *Et quo te nomine dicam,*
> *Rhetica ?...*

Douce piquette! elle est vin d'Aï aux rudes gosiers des regnicoles de Marvejols

Ce que c'est que de nous! En dépit de ces hauts faits, notre aîné finit
par dépérir comme un autre homme. A soixante ans qu'il avait, ou plutôt
à soixante ans qu'il n'avait plus, il ajouta un rhume, au rhume un ca-
tarrhe, et il mourut muni de tous les sacrements de l'Eglise, *ce qui n'était
arrivé encore à aucun chevalier errant*, pour finir comme finissait je ne sais
quel roman espagnol.

Quant au puîné de cet aîné des Monteil, toucher à cette biographie,
à proprement dire c'est remuer un nid de guêpes, et jamais, que je sache,
l'aveugle déesse de la fortune ne traita ses jouets d'une façon plus incivile.
On appelait ce gentilhomme Caveyrac, du nom d'un fief qui était un peu le
fief des brouillards.

> Et le doux Caveyrac, et Trublet, et tant d'autres...

C'est un nom de la satire. Le Caveyrac de la satire était un bandit, mais
un bandit de bonne foi, qui avait eu le malheur de faire l'apologie de la
Saint-Barthélemy, et certes Jean Monteil ne savait pas la honte attachée

à ce nom, lorsqu'il en décorait M. son deuxième fils. Caveyrac était ce qu'on appelle un bon vivant, un plaisant. La première plaisanterie de Caveyrac fut de dédier une thèse en latin à la ville de Rhodez : *Almæ parenti !* et — l'ingrate ! — elle a oublié sans doute ce titre d'honneur. Cette plaisanterie annonçait en Caveyrac mille bonnes farces plus plaisantes celle-ci que celle-là. Toutes ces promesses furent tenues, et un peu au-delà. Quelle farce il a faite à ce vieil orfèvre qui épousait une jeune femme sans le consentement de Caveyrac ! Quelle farce à cet autre marié qui voulait ramener d'Alby sa jeune femme sans payer aux jeunes gens de Rhodez les droits de la bienvenue ! En a t-il fait de toutes les couleurs, ce *Roger-Bontemps* de Caveyrac ! Grâce à lui, la ville de Rhodez a pu voir en un jour quatre représentations d'*Esther* jouée par des amateurs ! Rhodez n'avait vu jusqu'à ce jour que des comédiens venus de Lyon ou de Toulouse ; elle fut bien heureuse et bien fière en voyant un de ses fils représenter si dignement le roi Assuérus ! Dans toute la ville on ne jurait que par Caveyrac ; c'est lui qui frappait aux portes la nuit, réveillant la maison endormie : *Au feu ! au feu !* C'est lui qui décrochait les enseignes, plaçant la *sage-femme* à la porte du cabaret, et le bouchon du cabaret à la porte du conseiller ! Aux processions, il agaçait les pénitents blancs dans leur sac de toile, et lui-même, à travers sa capuce froncée, il faisait aux fidèles d'horribles grimaces. Etait-il drôle, amusant et désopilant, cet être-là ! Etait-il le bienvenu chez les marchands, chez le bourgeois, voire à l'église et parmi les tonsurés ! Et quand il partit pour se faire recevoir avocat au parlement de Paris, que de larmes ! que de regrets ! — Caveyrac ! criaient les jeunes gens dont il était le prince et le modèle, *princeps juventutis*. L'écho répondait : Caveyrac !

Pleurez, Amours ! Grâces, pleurez !

En ce temps-là, qui osait se rendre de Rhodez à Paris allait prendre à Clermont le coche de voiture, et payait sa place quatre louis d'or. C'était beaucoup d'or, quatre louis, en ce temps-là : aussi l'usage était d'acheter un cheval au plus bas prix possible, de le pousser autant que possible, et de l'amener à Paris mort ou vif autant que possible. Avec un peu de chance heureuse, vous vendiez votre monture pour une pièce de trente sous, et vous suspendiez la bride, en guise d'*ex-voto*, à la muraille du chevalier Dièche, un gentilhomme auvergnat qui était le protecteur, l'ami, le conseiller, le répondant de tous les enfants du Rouergue.

Caveyrac, notre *puîné*, était digne, à tout prendre, de jouer le rôle du fils aîné dans quelque bonne maison d'autrefois. A force d'être bon à tout, il arriva qu'il ne fut bon à rien. Il eut des maux de nerfs comme un petit-maître et des vapeurs comme une petite-maîtresse. Il voulait être avocat, il voulait être agriculteur ; il finit par être arbitre-arpenteur. Il mourut de gras fondu, à l'âge de quatre-vingt deux ans, très estimé dans la ville de Saint-Geniès, dont il était l'ornement. On écrivit sur sa tombe l'épitaphe consacrée : Bon père, bon époux, bon ami. *De profundis !*

Le deuxième puîné, le dernier frère enfin, vous représente le fléau que renferme en son sein toute famille bourgeoise un peu nombreuse, soit que l'homme tourne mal et se mette à déshonorer un nom honorable, soit que, l'honneur étant sauf, l'infortuné tombe à plaisir dans les abîmes du vice, de la paresse, de l'inconduite. On a vu les plus grandes maisons et les renommées les mieux méritées attristées ou compromises par ces misères inévitables, par ces hontes auxquelles toute la prudence humaine ne peut rien corriger. Par exemple, voyez ce Fontenilles (c'est le nom du troisième Monteil). Enfant, il apprend à peine un peu de latin, qu'il oublie à boire comme un sonneur, en compagnie des Cordeliers. A seize ans, il s'engage dans un régiment provincial ; soldat en 1792, rien ne lui était plus facile que d'arriver aux grandes choses ; l'heure était bonne, à coup sûr, et parmi les gens de son âge quelle ardeur à partir !

> . . . . . J'ai d'une lieutenance
> Tout récemment demandé la faveur ;
> Mille rivaux briguaient la préférence :
> C'est une presse. En vain Mars en fureur
> De la patrie a moissonné la fleur.
> Plus on en tue et plus il s'en présente.
> Ils vont trottant des bords de la Charente,
> De ceux du Lot, des coteaux champenois,
> Et de Provence, et des monts francomtois,
> En botte, en guêtre, et surtout en guenille,
> Tous assiégeant la porte de Cremille
> Pour obtenir des maîtres de leur sort
> Un beau brevet qui les mène à la mort.

Maître Fontenilles n'avait pas tant de hâte ; il se fit mettre en prison, il en sortit ; il eut une dispute avec le régiment de Royal-Vermandois, qui voulut le mettre en pièces. A chaque disgrâce, il revenait au colombier comme font ces parasites des familles pauvres qui ne songent qu'à faire régulièrement leurs quatre repas par jour. *Fruges consumere nati !* La république, heureusement, se contenta de ce Fontenilles, et elle en fit..... un tambour. Il alla ainsi, tambour battant, jusqu'à Nice, et ses chefs se plaignaient déjà de ses fantaisies. Un matin, comme il était en ses jours de flânerie, il arriva que notre tambour poussa sa reconnaissance imprudente au delà d'Oneille, et non loin de Gênes *la Superbe*. Il fut arrêté comme déserteur *sans bagages*, et conduit devant ses juges, Salicetti et Robespierre le jeune. Il se défendit comme un beau diable : on lui fit grâce ; on le renvoya *dans ses foyers*, où il revint en haillons. Pendant vingt ans que ce héros se reposa de sa gloire, il dévora, sans rien faire, le blé de cette humble métairie ; pendant vingt ans il se promena de la vallée à la plaine et de la plaine au vallon, à charge à tous, inutile à lui-même, sans-souci de la veille et pour le lendemain sans inquiétude. Tout inutile que soit cet homme, il y a cependant un salutaire enseignement à retirer de sa mort. Voici la note que je retrouve à son propos dans les papiers de M. Monteil :

« La dernière fois que je le vis, je le rencontrai sur le pont du Pecq

» (30 décembre 1815); il allait à Saint-Germain, moi j'allais à Paris; il
» était à pied, j'étais à pied; il s'obstina à rebrousser chemin; il avait,
» disait-il, affaire à l'hôpital. En vain je le prie et le supplie de venir
» s'installer dans ma chambre, où je le veux entourer des soins les plus
» tendres; il voulut absolument entrer à l'hôpital. Je le menai à l'hospice
» Saint-Louis, où il fut reçu dans le service même de M. Alibert. J'étais
» alors ce que j'ai toujours été, un homme pauvre et gagnant chaque jour
» son pain de chaque jour. J'habitais à Saint-Germain, j'avais une place
» à Saint-Cyr; je venais voir mon frère à Paris. Quand je retournai à
» Saint-Cyr, à l'époque des examens, je recommandai que toutes mes
» lettres me fussent envoyées à l'École militaire. Une de ces lettres fut
» égarée, et, le jour même où, tout joyeux, j'allais pour chercher et re-
» prendre mon frère... il était mort. — Monsieur, me dit un malade, son
» voisin, *vous venez trop tard : on l'a passé cette nuit, à deux heures.* »

Il était mort, le pauvre Fontenilles, appelant son frère à son aide; au
plus fort de cette agonie horrible, il racontait son enfance heureuse et
les respects dont la maison maternelle était entourée. Dans une dernière
convulsion, il se dressa sur son lit pour arracher l'étiquette funèbre où
son nom était attaché. A ces affreux spectacles, on se rappelle malgré soi
ce conseil d'un philosophe cynique : « Il faut se munir, dans la vie, ou de
raison pour se conduire, ou d'un licou pour se pendre. » Eh ! oui, ceci est
l'histoire universelle de tous les malheureux qui dépensent leur vie en
ces incroyables négligences. Pas de milieu, le suicide ou l'hôpital. A quoi
donc ont servi à cette famille, vous le voyez, tant de soins, tant d'exem-
ples, tant de leçons du père et de la mère? A produire un vaniteux, un
poltron, un paresseux, trois braves gens parfaitement inutiles, un far-
deau, *inutile pondus !* Ce n'est pas ceux-là, même dans leur misère, que
l'on peut comparer à ces *pièces tragiques, mais éclatantes*, dont parle un
poète; la fin est tragique, mais le commencement et le milieu ont été
sans éclat.

Pour se reposer de ces histoires lamentables, M. Monteil rencontre, il
est vrai, quelques douces et touchantes figures, sa sœur Marie et sa sœur
Nanette, grande et jolie : à dix-sept ans, elle fut mariée au jeune M. Sal-
gues, officier des eaux et forêts; mais l'histoire des deux sœurs n'est pas
faite pour arrêter un lecteur quelque peu gâté, comme ils le sont tous,
par les grandes machines philosophiques et littéraires. De ces filles bien
nées et bien humbles, l'histoire est la même en toute famille, à chaque
époque. Au départ, tout est beau et charmant; on n'entend que le doux
concert de ces voix enfantines mêlées aux paroles maternelles; la chaste
prière et les douces chansons remplissent de leurs divines mélodies ces
premières bouffées du printemps qui guette à l'orient le lever de l'aurore;
à ce cantique intime des cœurs heureux et des âmes innocentes, la fleur
mêle ses parfums, l'oiseau mêle ses chansons :

> *Narcissum et florem jungit bene olentis amethi...*

Bientôt, hélas ! s'en va cette fortune, disparaît cette abondance, s'étei-

gnent en sanglots ces deux cantiques ; l'âge mûr arrive, escorté de ses
deux furies, l'ambition et la paresse. A cette limite fatale s'arrêtent les
grâces et les mignardises de belles passions de la vie; ici s'envole le
charme, et, de tous ces enfants joyeux dont les voix fraîches faisaient re-
tentir l'écho de leurs franches gaîtés, il vous reste... un infirme, un gout-
teux, une veuve, une mère de quatre enfants, un vieillard, des limbes. .
quelques tombeaux sans nom !

IV.

Nous arrivons ainsi au chapitre important de cette autobiographie inti-
tulée : *Moi !* Et si jamais le *moi* cessa d'être haïssable, si jamais le *moi*,
cette chose ridicule quand elle n'est pas stupide, prit une forme heureuse
et charmante, à coup sûr ce sera dans ces lignes écrites d'une main ferme
et d'un courage viril par ce vieillard dont la personnalité se compose
uniquement du souvenir de sa femme et de son fils, deux êtres adorés
qu'il a perdus dans la force de l'âge, et dont la mort l'a laissé seul, pauvre et nu, dans une vie austère où le travail et la pauvreté se mêlent et
se confondent tout le jour et tous les jours.

Encore une fois on n'étudie ici que l'homme isolé de ses œuvres : c'est
un exemple, et non pas une gloire, que nous cherchons dans ces fragments
épars d'une vie admirablement remplie par la science et le travail. Ce fut
le 25 juin 1769 que vint au monde en sa bonne ville de Rhodez l'historien
des *Français des divers états.* Un des premiers spectacles dont il se souve-
nait en remontant à sa première enfance, c'était d'avoir assisté au service
commémoratif du roi Louis XV; il revoyait la haute pyramide ornée de
fleurs de lis en papier d'argent; les premiers noms qu'il entendit prononcer, il ne les a jamais oubliés : Washington, Lafayette, le comte d'Estaing !
« Ils étaient dans toutes les bouches, au fond de tous les vers ! » Ces souvenirs de l'enfance ont l'honneur de vivre et de mourir avec nous. Tout
compte alors dans ces débris des printemps envolés : les premiers mystè-
res de l'alphabet, les premiers sourires de la vieille grand'mère. Il y avait
dans la ville de Rhodez un vieux cloître, et dans ce vieux cloître, où se
plaisait l'enfant, vivait le vieux boulanger de MM. les chanoines, M. Bonald. La veille de chaque fête carillonnée, M. Bonald (c'était l'usage) pé-
trissait et mettait au four certain pâté de seigle du poids de trois livres,
à trois cornes, comme au temps du roi Dagobert. Ces pains, dont les
enfants étaient très friands, s'appelaient des *auberts.* Quand passait le
boulanger du chapitre : « Monsieur Bonald, monsieur Bonald, quand
nous donnez-vous des auberts ! » Et lui de répondre : « Dans un mois,
dans trois semaines, mes enfants. »

Après M. Bonald se présentait dans les souvenirs du vieil historien
l'abbé Causse, le pointeur des chanoines. C'était l'abbé Causse qui tenait
la feuille de présence des offices de la cathédrale; il était la terreur des
vicaires, des hebdomadaires, des chapelains. Malheur à qui se présentait
après l'*Introït !* il était noté sans rémission. En vain on le priait, on le

suppliait. — Ta ! ta ! ta ! disait M. Causse, il faut obéir aux *obits*, et je ne veux pas m'exposer, pour vous plaire, à la vengeance des fondateurs d'*obits* qui nous font vivre depuis tant de siècles. — De quoi vous plaignez-vous d'ailleurs ? disait l'abbé Causse aux chanoines : les *Matines* se disaient autrefois à minuit, on les disait de mon temps à cinq heures, et maintenant vous trouvez que c'est trop matin de les dire à sept heures et demie, au grand scandale de ce peuple, qui n'est pas fâché que ses religieux veillent quand il dort.

Quant le petit Amans-Alexis eut l'âge d'aller aux écoles, il fut confié à un vicaire de la cathédrale qui tenait une petite pension, et dont les sœurs étaient couturières. Le vicaire n'était pas toujours facile à vivre ; en revanche, ses jeunes sœurs et leurs jeunes ouvrières étaient de la meilleure humeur qui se pût voir, si bien que, lorsque les cloches de la cathédrale, *Martial*, *Marie* et *Jacqueline* (la petite cloche), appelaient mons le vicaire à l'autel, aussitôt l'école allait rejoindre l'atelier de couture, et c'étaient des rires aux éclats. Tant bien que mal on finit toujours par arriver au *que retranché* ; ce fossé franchi, il fallut quitter la maison du vicaire, et passer, au collége même, sous la loi de sept ou huit professeurs qui enseignaient de leur mieux la grammaire, la rhétorique, la théologie et la physique. Chaque professeur, logé et nourri dans le collége, grâce à quelques rentes féodales et à quelques petits fonds de terre autour de la ville, touchait de cinq à huit cents francs chaque année. Ils étaient aidés dans leurs augustes fonctions par un *correcteur*, qui donnait à messieurs les écoliers plus que des férules. Tous ces braves gens, maîtres et disciples, étaient à l'œuvre, et l'on marchait d'un si bon pas, le *correcteur* aidant plus ou moins, qu'à seize ans qu'il pouvait avoir, le jeune Alexis, fils de Jean Monteil, savait assez de philosophie et de logique pour s'engager dans un régiment de dragons, lequel régiment allait à Paris. Un dragon à seize ans ! Heureusement que notre guerrier avait du moins un nom de guerre : *Belcombe !*

> C'était écheoir en dignes compagnons !
> Aussi *Belcombe*, ignorant leurs façons,
> Se trouva là comme en terre etrangére ;
> Nouvelle langue et nouvelles leçons.

La ville entière poussa un cri de douleur quand elle apprit l'escapade et l'engagement de son jeune bachelier. Il fallait courir après le régiment, qui relâcha volontiers ce jeune héros. Le voilà donc ramené chez son père, en grand triomphe, et malheur au veau gras ! Ces pauvres veaux, gras ou non, les malheureux pères de famille en ont-ils fait des hécatombes ! Eh ! Dieu ! que de sacrifices inutiles ! .. M. Jean Monteil n'a pas pleuré, j'imagine, au retour de cet enfant prodigue : il le savait tendre et bon, honnête et timide, chaste et loyal, et il l'abandonna à ses bons instincts. A cet âge de seize ans, quand les études sont achevées, à ce qu'on dit, la première et la plus facile de toutes les passions, c'est la lecture ; et qui de nous, qui avons tant lu et tant lu, dans tant et tant de livres, ne

se souvient, avec un ravissement voisin de l'ivresse, des intimes extases
que laissent après elles les premières lectures à l'ombre des bois en été,
dans la chambre écartée en hiver, la nuit et le jour ? Charmante obses-
sion, visions décevantes, chers fantômes des poésies fugitives ! A peine
ouvert, le livre nouveau laissait échapper des rayons, des étoiles, des
mondes, des fièvres. Il est si beau, si vaste, et coloré de tant de feux plus
brillants que les feux mêmes du firmament, ce monde éthéré des roman-
ciers et des poètes, des historiens et des philosophes, illustres génies,
esprits fameux, obéissants ou révoltés, en plein doute..., en pleine
croyance, qui nous ont révélé pour la première fois tant d'idées endormies
au fond de nos âmes, tant de passions réveillées au fond de nos cœurs :
« J'ai lu tous 'es livres qui me sont tombés sous la main, écrit M. Monteil, et même l'*Histoire naturelle* de M. de Buffon... ; de tous les livres que
j'ai lus, c'est le seul dont il ne me soit rien resté. »

A force de lire, il s'aperçut que c'était à peine s'il savait écrire lisible-
ment une page suivie, et il s'en fut demander quelques leçons d'écriture
aux frères de la doctrine chrétienne. Ceux-là riront, qui, se rappelant
avec respect l'honnête et sainte misère, mêlée de propreté et d'orgueil, qui
entourait le savant auteur de l'*Histoire des Français*, l'entendront raconter son entrée chez les frères : « J'étais poudré à frimas ; je portais un
habit couleur de rose, à boutons d'acier ; on eût dit tous les diamants de
la couronne ; le tout se complétait d'une paire de manchettes et d'une cu-
lotte de soie gorge de pigeon. » Aussi bien la classe entière, éblouie à
l'aspect de cet ancien dragon, de cet ancien philosophe de dix-sept ans,
se leva dans un transport unanime, et M. de Belcombe fut salué jusqu'à
terre. « Il me semble que j'y suis encore aujourd'hui, ajoutait M. Monteil,
et puis cela m'amuse, cela me plaît de me moquer de moi-même... » Il
disait vrai ; il avait le sourire facile à son endroit, et jamais on ne l'a entendu parler de lui-même que de la façon la plus simple et la plus naïve.
Il n'est occupé que des siens dans cette biographie, écrite à la fin de sa
journée. A peine a-t-il indiqué les endroits faibles de ses premières années, il s'arrête, et vous ne trouvez plus que de longues pages blanches
dans ce chapitre dont il devait être le héros.

Tout le reste de ce livre, écrit avec la plume du testament, sera consacré à sa femme, à son fils, et vous n'entendrez plus, de ce savant homme,
que ses gémissements et ses larmes. Il ne vous dira même pas par quel
procédé, par quelle suite infinie de raisonnements et de recherches il est
arrivé à écrire, dans un système historique dont il est l'inventeur, son
Histoire des Français des divers états, ces huit tomes si remplis de faits, de
recherches et de découvertes auxquels il a attaché son nom d'une façon im-
périssable. A Dieu ne plaise que je veuille ici tenter une dissertation dans
les formes et remplacer par une déclamation historique le simple récit de
cette vie honorable, honorée ! Il faudrait avoir certains droits que je n'ai
pas pour porter un jugement définitif de ce livre étrange et sans antécé-
dent ; il est le seul de son genre et de son esprit au milieu de tant et tant
de témoignages si divers que les siècles écoulés laissent après eux d'ordi-

naire. C'est, à proprement dire, le recueil des monuments des petits et des grands métiers de l'ancienne France, et pendant que le père Montfaucon, dans ses quatorze volumes in-folio, s'attache surtout aux solennels témoignages de la grande histoire, où les rois, les princes et les capitaines illustres sont appelés à jouer le rôle principal, l'historien *des divers états* s'attache aux débris plus humbles que laissent après eux, en passant sur cette terre vouée aux disputes, la bourgeoisie et le peuple de France. Ouvrez au hasard un des tomes du père Montfaucon, vous rencontrerez, à coup sûr, l'image fidèle des pompes, du luxe et de la majesté des royautés d'autrefois : les couronnes, les armes, les devises, les blasons, les coupes d'or. M. Monteil, au contraire, dans ses *monuments de la bourgeoisie*, s'attache à tout ce qui a vécu, à tout ce qui a servi, à tout ce qui a souffert bourgeoisement. Au dessous des gloires, des pourpres et des trônes, dans l'univers qui travaille et qui se résigne, dans le peuple des artisans et des artistes, dans l'échoppe, dans la ferme et dans le marché, M. Monteil a placé sa tente, il n'en veut pas sortir : là il vit, il règne ; là il entasse avec un acharnement incroyable toutes sortes de détails, de formules, d'accents, de formes, au milieu d'un monceau de chartes, de comptes, de fragments, de poussières. Tout compte ici ; pas un feuillet qui n'apporte sa découverte, et pas une ligne qui ne soit une révélation ; — tout sert ici, même un parchemin roussi, un grain de sable, un fragment, un écho. Dans cette laborieuse reconstruction des temps d'autrefois, il n'y a pas une loi abolie, pas un usage oublié, pas un métier renversé, pas un droit périmé, pas un feuillet où la main d'un artisan ait tracé quelques lignes au hasard, qui ne devienne à la longue une précieuse trouvaille. C'est ainsi que M. Monteil a composé ses huit tomes de l'*Histoire des Français des divers états* de ces voix, de ces rumeurs, de ces prières, de ces blasphèmes, de ces chartes déchirées, de ces lois en lambeaux, de ces tessons et de ces haillons du temps passé que la révolution de 1792 avait jetés aux quatre vents du ciel.

Ce fut de très bonne heure, et avec une rare persistance, que M. Monteil, dans sa pensée et plus tard dans ses livres, déclara une guerre acharnée à ce qu'il appelait dédaigneusement *l'histoire-bataille*, et ce n'est pas sans un certain plaisir que l'on voit cet implacable ennemi de *l'histoire-bataille* installé dans la chaire d'histoire de l'École militaire au commencement de ces guerres terribles et de ce gigantesque empereur. M. Monteil, chose gaie à raconter, enseignant à ces maréchaux en herbe et en fleur la supériorité de l'outil sur l'épée, l'excellence du forgeron sur le capitaine, et la priorité du laboureur sur le maréchal de France, n'est-ce pas là, je vous prie, une bonne histoire ? Et si l'empereur s'était douté de l'enseignement de son professeur d'histoire, aussitôt quel éclat de rire ou quel froncement de son sourcil olympien ! Mais ces jeunes gens de l'école militaire écoutaient à peine les découvertes du jeune professeur, occupés qu'ils étaient au bruit des canons, au choc terrible des armées, à l'âcre odeur de la poudre enivrante. L'audace, l'ardeur et l'ambition de ces jeunesses étaient déjà bien loin des bancs de l'école ; elles traversaient, à la suite de Bonaparte, ces montagnes abaissées, ces vallées aplanies, ces fleuves domptés, ces villes conquises. Dans son école, où il était le barbare, le jeune professeur se trouvait cruellement isolé : ses bouillants élèves ne voulaient rien comprendre aux étranges enseignements de leur maître ; ils le regardaient comme un ancien oratorien à demi ressuscité, qui leur parlait d'Alexandre et de César. Fi ! Alexandre et César, à l'heure où l'univers à genoux ne parlait que de Napoléon Bonaparte ! Insensé ! à ces imberbes sous-lieutenants il racontait Bouvines le lendemain d'Austerlitz !

Il paraît que ces premières années d'enseignement à l'école militaire de Fontainebleau furent longues et tristes à ce jeune homme, et qu'il y fit le rude apprentissage de la solitude et de l'isolement. Il était déjà un savant absorbé par la science, mais la science ne lui suffisait pas. Il regrettait la maison paternelle ; il rêvait un meilleur avenir, l'avenir à deux ! Un jour d'hiver, par un vent froid qui lui fouettait la neige au visage, il se rendait à la classe du matin ; à l'angle même de la place, et non loin du château, il fit la rencontre d'un corbillard ; le vent soulevait la tenture funèbre et laissait la bière à découvert. Il arriva dans sa chaire encore tout ému, et la leçon commença. Comme on l'écoutait un peu moins qu'à l'ordinaire (quelque bulletin de la grande armée circulait dans l'école), il se hâta de conclure, et il revint en toute hâte à son logis. Une lettre l'attendait : son père était mort il y avait huit jours, à cinq heures du matin, paisible et *joyeux*, après une douce agonie, en prononçant le nom de son fils absent. Les uns et les autres, nous avons tous trouvé à notre porte, en revenant de quelque travail ou de quelque folie, la *lettre cachetée de noir*, et nous nous souvenons de cette heure d'étonnement, de pitié, de douleur, de reconnaissance, de respect ; il vous semble alors que ce père qui vous aimait tant, et qui n'est plus, vous ne l'avez pas assez aimé. Heure terrible, où la mémoire et la reconnaissance, venant en aide à vos respects, vous montrent dans un vif relief tous les biens que vous avez perdus !

Peu de temps avant sa mort, M. Jean Monteil, songeant à son fils absent et se rappelant ce mot de l'Écriture : *Væ soli !* — malheur à celui qui vit seul ! avait songé à le marier, et il avait fini par rencontrer une douce et charmante créature, que l'on eût dit faite à l'image de feu Mᵐᵉ Monteil. *L'histoire de ma femme* est simple et touchante, et j'ai grand'peur de la gâter. « Elle et moi, dit M. Monteil parlant de cette femme aimée entre toutes, le ciel nous avait faits l'un pour l'autre ; elle avait pour armoirie une aiguille, et moi j'avais une plume en sautoir de cette aiguille diligente. » En effet, la jeune et très jolie Mᵐᵉ Monteil ne remontait pas plus haut en sa généalogie qu'à son grand-père, maréchal... ferrant de son métier, mais sans contredit le plus riche et le plus heureux des maréchaux de France. Il vivait, il forgeait aux temps illustres de M. le maréchal général vicomte de Turenne et de M. de Luxembourg. Il s'appelait le petit Rivié, lorsqu'un jour où il était en train de ferrer ses chevaux, il eut la chance heureuse de tirer d'affaire un très beau cheval ; le cheval appartenaît à un colonel, et le colonel fit obtenir au petit Rivié l'entreprise des remontes du Royal-Dragons. Bref; à force de fournir des chevaux aux dragons, le petit Rivié fit son chemin dans le monde ; il devint peu à peu le grand Rivié, et quand il eut trouvé plusieurs millions sous le pied de ses chevaux (en dépit du proverbe), il voulut revenir au pays natal, à Severac-le-Châtel. Severac est une façon de petite ville en Rouergue, autrefois chef-lieu de la duché d'Arpajon, ville de peu de fumée et de peu de bruit, dans laquelle avait débuté, petit compagnon, ce même Rivié le grand, si habile à battre le fer quand le fer était chaud. Comme il passait devant la forge de son ancien maître, — hélas ! le fer était froid à demi, le soufflet était sans souffle, et l'enclume sans marteau, — il advint que la chaise du grand Rivié se brisa net au milieu de l'essieu. Grand émoi dans la forge ! Le maître de céans était seul. Que fait Rivié ? Il met habit bas, et il forge... à la façon des cyclopes dans l'Iliade ! Alors le vieux forgeron, réveillé par ce marteau d'enfer qui lui rappelait l'accent vibrant des jeunes années : — Par saint Eloi ! s'écria-t-il, qui forge ainsi ? C'est le diable !... ou c'est toi, mon petit Rivié !

On voit que le grand Rivié avait été mis au monde tout exprès pour y faire quelque bruit. Il y fit un peu de bruit, il y fit beaucoup de bien. Pas un de ses parents qui n'eût sa part dans cette fortune. Chose étrange, et qui se voit pourtant assez souvent chez MM. les fournisseurs, plus le grand Rivié donnait, plus il était riche. Il finit par donner sa fille aînée à M. le marquis de Lusignan, et il faisait certes une belle parenté à la petite Rivié : d'un côté, la fée Mélusine ; d'autre part, le royaume de Chypre ; un peu plus loin, la couronne de Jérusalem, des princes partout. Malheureusement cette Lusignan-Rivié mourut sans enfants, et elle fut si complétement absorbée en cette illustre famille, qu'il en fut de sa dot comme du royaume de Chypre et de Jérusalem, un souvenir, une ombre, un néant. Eh bien ! voyez la misère des grandeurs humaines, l'humble dot de la jeune Mme Amans-Alexis Monteil portait sur une ancienne constitution de rentes qui provenait de cette Rivié-Lusignan ou Lusignan-Rivié, et jamais le petit ménage n'en put rien tirer. Souvent M. Monteil disait à sa femme : « Il faudra chercher votre fortune sur les brouillards de Chypre et de Jérusalem, ô vous, l'auguste alliée de tant de rois ! » L'autre part de cette dot, qui eût fait tant de bien et rendu tant d'utiles services à ces pauvres gens, était placée (écoutez ceci) sur un sixième de l'ancienne baronnie de Lugnas, antique château, sur les rives mêmes de l'Aveyron. Hélas ! la principauté, la baronnie et les deux royaumes, — autant de brouillards ! Dans les moments de gêne (ils furent nombreux et cruels), M. Monteil écrivait à sa femme : *A S. A. madame la baronne de Lugnas dans son exroyaume de Chypre et de Jérusalem.* Mais quoi ! il leur fallait si peu pour vivre ! Il était le plus laborieux et le plus ingénu de tous les hommes ; il trouvait en cette jeune femme un sens droit, une âme juste, un esprit ferme. On eût dit que le Ciel l'avait destinée à cette vie austère, à ce dévoûment de tous les jours. Elle avait été élevée au couvent, où chaque mère et chaque sœur la voulaient retenir ; mais elle n'y voulut pas rester, pour

avoir vu s'éteindre et mourir dans ses bras une innocente créature, belle
comme les anges. Sœur Marthe avait à peine vingt-cinq ans, et — l'impa-
tiente! — elle avait prêté l'oreille aux accents d'un jeune homme du voisinage, qui venait chanter ses peines, à minuit, sous les murs du couvent.
Elle fut surprise au moment où, par une échappée à la muraille, elle
tendait la main au beau chanteur. Alors, pour la châtier par une grande
peur, on cite la sœur Marthe au tribunal des révérendes, et on la condamne
à cette mort, d'une espèce particulièrement horrible, qui remonte aux
premières gardiennes du feu sacré dans le temple de Vesta. Condamnée,
on la vint prendre, la pauvre fille! et elle fut jetée au fond de l'*in-pace*,
aux chants funèbres du *De Profundis*! Épreuve horrible, et quand, deux
ou trois heures après, on vint pour la tirer de son cachot,... elle était
folle! Elle disait souvent dans sa folie des mots sensés, des paroles véhé-
mentes. Elle mourut enfin; on l'enterra sous les amandiers du jardin, et
la petite Annette, au fond de l'âme, se promit à elle-même qu'elle ne
porterait pas le voile éternel.

Un matin, les portes de tous ces cloîtres s'ouvrirent d'elles-mêmes; la
vie et le soleil envahirent ces sombres maisons. Annette s'enfuit, légère
comme une abeille, et elle le vit enfin, ce monde qui lui apparaissait si
glorieux à travers les grilles de sa prison... Non, ce n'était pas là le monde
enchanté de ses rêves! Il obéissait, en ce moment, à toutes les mauvaises
puissances; l'anarchie avait brisé toutes les barrières; l'improbité et le
despotisme avaient fait de la société humaine une espèce de jeu de hasard,
où chacun jouait avec des dés pipés son propre honneur et sa fortune
contre la fortune et l'honneur de son voisin : époque funeste de batailles
sans nom que se livrent des malheureux sur un sol miné de toutes parts !
Partout la nuit, le silence, l'horreur, le joug, la spoliation effrénée, et la
faim et la peur. Annette alors regretta le cloître et la tombe des filles en-
sevelies sous l'amandier en fleurs. Elle assista, cette enfant, à toutes ces
morts violentes sur les échafauds ambulants ! Son père était riche, il fut
pauvre ! Il habitait un magnifique hôtel, la maison même du grand Rivié;
il fallut que le père de famille vendît ses tableaux, ses livres, ses meubles précieux; il fallut vendre enfin la maison même, et se retirer avec
ses neuf enfants dans une chétive métairie de deux charrues. On raconte
que dans ce petit coin de terre, à l'abri de tant d'orages, sous le chaume,
il y eut comme une trêve de Dieu parmi ces pauvres gens, occupés de
mille petits travaux assortis avec leur intelligence et leur jeunesse. Ils
s'étaient partagé les travaux de cette maison rustique : les garçons tenaient la charrue, et les filles avaient soin du ménage. Annette allait dans
les champs, gardant les moutons; elle avait alors ses dix-sept ans, elle
portait une robe qu'elle avait filée. « Annette était dans la prairie, et Lubin n'était pas loin », dit M. Monteil. Lubin, c'était lui-même. Il obéit
au dernier vœu de son père, et, chargé d'espérances, léger d'argent, il
s'en vint chercher cette noble main, qui lui était promise. A peine ma-
riés, il fallut partir et quitter le lit nuptial, « dont la courtine était faite
d'une robe de ma mère. » Adieu donc aux solitudes aimées ! adieu, ga-

zons, fontaines, doux et riant soleil ! « Quand nous fûmes parvenus à un
certain détour que fait la route, au bout du champ Malfen, entre la Châ-
taigneraie et le ruisseau : — Voici, me dit-elle, les limites de nos domaines, je n'ai jamais été plus loin ; et maintenant allons où vous allez,
mon cher mari !... Et elle se mit à marcher d'un bon pas... ».

Ils allaient ainsi, rêvant l'un et l'autre à ce vieux roman des heures
choisies, *et conjuguant le verbe aimer pour la première fois.* Ils passèrent,
toujours causant et devisant, par Issoire, et par Clermont, et par Mou-
lins. A Pouilly, où le vin est bon et pétillant, un homme voulut embrasser
Annette, et peu s'en fallut que cet imprudent ne payât sa témérité de sa
vie. Annette retint le bras de son mari : elle était si douce, il était si
vif ! On les pouvait comparer, elle et lui, aux armes d'Angleterre : une
rose au repos, un lion en action. — Ils traversèrent Pouilly, Cosne, Mon-
targis, Nemours, et enfin les voici à Fontainebleau, « près de notre pain
quotidien. » L'humble ménage ne savait pas qu'il n'avait guère qu'une
année à passer à Fontainebleau, une douce et heureuse année, aux lim-
pides clartés de la lune de miel, comme le bon Dieu en réserve aux
honnêtes gens. On vivait de peu, on travaillait nuit et jour. Dans une
note destinée à accompagner les livres qu'il mettait en vente aussitôt qu'il
n'avait plus de science à en tirer, M. Monteil s'est rendu à lui-même cette
justice, que pas une heure de sa vie n'a été perdue. « Ah ! c'est que j'ai
eu quarante ans d'une imperturbable santé et d'une imperturbable appli-
cation. » Notez bien qu'il ne dit pas qu'il n'a jamais été jeune : il croirait, disant cela, blasphémer contre celui qui a fait la jeunesse et qui l'a
gardée éternelle pour lui-même ; il a été jeune, surtout quand il s'est vu
cette douce compagne de sa vie et de ses travaux.

« Nous avions acheté, nous dit-il, une propriété d'un demi-arpent qui
» entourait une maisonnette, à deux lieues de la ville, et chaque jour, au
» sortir de ma classe, je prenais bravement le chemin du Mail de Hen-
» ri IV. J'allais vite, car à mi-chemin, sous un vieil orme de la forêt, j'é-
» tais sûr de trouver Annette, qui déjà avait mis notre couvert dans ce
» beau salon tout rempli de l'or des genêts fleuris et dont la voûte était
» supportée par les bouleaux sans nombre, en guise de colonnes d'argent.
» Elle aimait les fleurs, ma chère Annette ; elle aimait l'espace, le si-
» lence, la solitude ; elle était jeune, de bonne humeur et de bon appé-
» tit. Que ces repas étaient charmants ! quelle grâce à tout dire et quelle
» gaîté à tout entendre ! Elle devisait si bien de toutes choses ; elle voyait
» si beau l'avenir ; elle supportait si gentiment notre humble fortune ; elle
» était l'économie en personne. Hélas ! je la vois, je l'entends encore, à
» l'ombre heureuse de ces beaux arbres, m'apprenant qu'elle était mère.
» Une larme brillait dans ses beaux yeux, bleus comme le ciel. »

Vous pensez que cette humble félicité rencontra des envieux et des mé-
contents. La chaire du jeune professeur fut supprimée ; il fallut renoncer
à la maisonnette, au jardin, aux grands bois, aux genêts d'or. La ville
immense allait absorber les deux modestes créatures ; que dis-je, la
ville ? un faubourg ! et dans ce faubourg, une sombre maison, une

chambre sans feu, où leur enfant allait voir le jour ! Pas un ami, pas une espérance ! Chaque matin, le malheureux Monteil se mettait en quête d'un emploi qui le fît vivre à peu près ; chaque soir, il rentrait dans son grenier plus malheureux et plus découragé qu'il n'était le matin. A la fin de l'hiver, et ne voyant rien venir, ces deux malheureux (ils étaient trois maintenant) : — Allons ! se disent-ils, Paris ne veut pas de nous, revenons à notre canton. Ils y revinrent à pied, par les beaux jours du mois de mai, qui semblait les reconnaître ; ils vécurent de légumes et de laitage. « A nous trois, nous dépensions soixante francs tous les trente jours. » Déjà il commençait à mettre en ordre les divers matériaux de son histoire du *quinzième siècle*; il en écrivait les premiers chapitres, vous pensez avec quels ravissements !

« Chère Annette, écoutez ce que je viens d'écrire. Elle m'écoutait à me
» ravir. Son esprit, inquiet non pour elle, inquiet pour notre enfant,
» voyait déjà, grâce à mon livre naissant, s'entr'ouvrir quelqu'une de ces
» splendides cavernes remplies de diamants et de perles dont il est parlé
» dans les féeries. — Va ! reprenait-elle, et bon courage ! Nous man-
» geons maintenant notre pain dur, nous aurons du pain blanc pour notre
» fils. — O pauvre femme ! elle n'a mangé comme moi que le pain amer ;
» le pain blanc n'est venu pour elle, ni pour moi, ni pour notre fils ; le
» grain que nous avons semé ne lèvera que sur nos tombeaux ! »

Ils ont vécu (c'est un beau mot) d'espérance et d'eau fraîche. Il avait pour se sauver l'enthousiasme de son travail, elle avait l'enthousiasme de son mari. De l'an 1808 à l'année 1812, ils furent pareils à deux oiseaux sous la feuillée. Il vivait de quelques tâches qui se présentaient de temps à autre, et, pour peu que le dîner du lendemain fût assuré, il se remettait à rêver la gloire et la fortune à travers les pages de ce livre fait et refait si souvent ; car, et ceci n'est pas une observation vaine, le lecteur peut être sûr que plus l'artiste est pauvre, inconnu, oublié, solitaire, et plus il entoure son œuvre naissante de ses déférences paternelles. La foi, dit l'apôtre, soulève des montagnes ; la foi de M. Monteil a soulevé des montagnes de papiers et de parchemins ramassés dans les chartriers, dans les ruines et dans les cendres de quarante mille maisons à tourelles et à créneaux qui étaient les reines et les impératrices de toutes les autres maisons du royaume de France. Il s'attachait à ces fragments épars comme tant d'autres hommes s'étaient attachés à la terre même des victimes de la révolution française. Ce qu'il a retrouvé dans ces papiers lacérés par tant de mains ignorantes ou spoliatrices ne pourrait se calculer. Ce qu'il a réparé dans ces lambeaux, lui-même il ne le savait pas. A la flamme, au naufrage, à l'océan, il eût disputé ces fragments qui étaient tout son livre. Les vents de la Tamise un jour ont jeté dans les flots de la Seine une masse de vélin brûlé à Westminster... Chose incroyable et inouïe pour qui ne connaît pas M. Monteil, il a fait son profit de cette bouillie écrite en lettres saxonnes, dans une langue dont il ne savait pas le premier mot.

Dans ces fragments précieux de tous les âges de notre histoire, il a trouvé toutes les parties de son livre ; il a rencontré, dégagée du souci

de la guerre, des luttes parlementaires, des querelles religieuses, de l'en-
vahissement du pouvoir royal, la nation ignorée, la nation des agricul-
teurs, des artisans, des commerçants, des magistrats, la noblesse au dernier échelon, la bourgeoisie et le bas clergé. Il exaltait les choses igno-
rées; il glorifiait les forces méconnues; il racontait les œuvres dédai-
gnées; lui aussi il aurait pu dire en toute sécurité de conscience : A chacun selon ses œuvres ! Il avait sur le visage, il avait au fond de son âme
le contentement et la bonne humeur d'un honnête homme qui accomplit
dignement sa tâche de chaque jour *à travers les âges successifs de la vie,*
et rien qu'à le voir il était impossible de ne pas se rappeler cette parole
d'un de ces grands capitaines dont il ne voulait même pas prononcer le
nom : — qu'il était impossible de se servir d'un homme mélancolique. —
A quoi peut être bon d'ailleurs un homme qui est mauvais pour lui-même,
et quel contentement peut-on espérer d'un particulier qui n'est jamais
content de lui ? C'était pourtant une rencontre singulière et un étrange
voisinage, ce grand ennemi de l'*histoire-bataille* devenu le voisin de campagne de sa majesté l'empereur Napoléon Ier, l'un si pauvre et si gai,
l'autre à ce point gorgé de gloire et d'ennui. Il s'ennuyait à poursuivre
dans les bois un pauvre cerf, ce roi-empereur qui voulait traquer dans
ses neiges l'empire énorme de Pierre le Grand et de Catherine II, pendant
que, sur la lisière de sa forêt, Mme Monteil attendait, effrayée et con-
tente, que le hasard conduisît au seuil de sa cabane cet homme qui d'un
mot les pouvait faire si heureux et si riches... Un emploi de quinze cents
francs à la bibliothèque de Fontainebleau, et voilà toute une famille à jamais sauvée. Certes l'empereur et roi a manqué là une belle occasion de
réconcilier tout au moins Mme Monteil avec l'*histoire-bataille.* Il ne vint
pas, et cette maison qu'il aurait dû visiter, il fallut bientôt la lui vendre. Oui, cette humble limite des plus humbles désirs, ces vignes et
ces pêchers, la chicorée et les œillets, il fallut vendre en bloc tous ces
biens, et l'empereur les acheta au prix de 5,000 francs en bel or des *con-
tributions de tous les états de l'Europe.* « Par devant nous et mon collègue,
notaires à Fontainebleau, il a été convenu ce qui suit entre dame Monteil
et sa majesté Napoléon le Grand, empereur des Français, roi d'Italie, protecteur de la confédération du Rhin. » Tout ce passage rappelle ce beau
mouvement des *Mémoires* de M. de Chateaubriand, laissé pour mort dans
les rues de Bruxelles et s'écriant soudain dans une espèce de *Te Deum* :
« Au nom du roi, laissez passer M. le vicomte de Chateaubriand, pair de
France, ambassadeur du roi près le Saint-Siége apostolique. » Et M.
Monteil de faire bon marché des grandeurs de sa femme, comme M. de
Chateaubriand de ses propres grandeurs.

La maison vendue, Annette voulut revoir une dernière fois ces beaux
lieux qu'elle avait tant aimés, et la voiture qui les devait emmener partit
sans les attendre. En vain courait Annette, son frais chapeau à la main,
et montrant à l'aquilon ses belles joues que frappaient les giboulées de
mars : il fallut revenir à pied, le père, la mère et l'enfant, et de rire.
« Elle prenait si facilement du bon côté les peines de la vie. » Elle était

si courageuse et si forte. Hélas ! cette plante un peu frêle, qui avait besoin
de vivre à l'air pur et dans la libre campagne, à peine à Paris pour la seconde fois, on la vit bientôt languir à l'ombre funeste de ces hautes maisons semblables à des tours qui ne réparent pas leurs brèches. Annette était
une fille des champs ; elle aimait à retrouver au fond des grands bois les
visions décevantes de sa jeunesse à peine envolée, et maintenant qu'elle
se voyait face à face avec la réalité, elle ne comprenait rien, l'infortunée,
à cette vie orageuse des belles-lettres, impuissante à donner à son mari
et à son fils leur pain de chaque jour. Ainsi s'éteignit cette douce paysanne
intelligente ; elle se mourait sans une plainte, et son pâle sourire encourageait encore les efforts stériles du malheureux attaché à cette glèbe savante dont la moisson reculait toujours. Enfin, quelques heures avant
l'heure suprême, elle fut prise de ce mal violent, le mal du pays, le cher
souvenir des plaines d'Argos, et elle voulut absolument revoir une dernière fois les villages, les hameaux, les jardins, dont elle savait encore
toutes les histoires, qu'elle racontait à son foyer sans feu. Ah ! bon père
Monteil, qui êtes allé rejoindre enfin votre Annette et votre Alexis, que
de fois l'avez-vous pressée de vous raconter ces histoires, si souvent
écoutées, pour l'unique plaisir de prêter l'oreille à cette voix fraîche, ac-
centuée, et d'un timbre si doux ! Elle revoyait, dans ces heures sombres,
tous les drames et tous les héros de ses campagnes ; elle revoyait l'abbé
Buiron se promenant le long du ruisseau, son bréviaire à la main ; le
vieux Pierre à la porte de sa maison blanchie à la chaux vive et saluant
les passants d'un coup de vin nouveau, et le braconnier Peyrabonne, appelant à haute voix M. Dulac. — Vous me donnez bien ce fagot, monsieur
Dulac? criait Peyrabonne ; et, comme Dulac absent n'avait garde de répondre : — Qui ne dit mot consent, reprenait le Peyrabonne, et il emportait la bourrée à son feu, au grand dommage de M. Dulac. Tels étaient
les souvenirs, les refrains de cette chanson printanière, tableaux frais
et charmants, visions décevantes. La mort planait au dessus de ces beaux
rêves, qu'elle emportait un à un. En même temps s'en allait l'argent du
petit domaine. Il n'y avait plus sous l'humble toit des Monteil d'autre travail que le travail de cette lente et souriante agonie. Après bien des hé-
sitations et bien des larmes, Annette partit enfin, et elle arriva dans la
maison paternelle juste à temps pour y mourir.

« Il y a trois passages où je ne passe jamais sans me rappeler ma chère
» Annette : — la rue de Seine au point où s'arrête la rue de Tournon. En
» cet endroit, ma pauvre femme, si légère et si vive, se prit à boiter, pi-
» quée au pied par le rhumatisme : Ah ! dit-elle, voici mes derniers pas
» heureux. — Une autre fois, en vue du Pont-Royal, la musique pas-
» sait, suivie de ces beaux gardes du corps. Annette me dit : « Je n'y
» vois plus guère, un nuage est sur mes yeux. » Hélas ! hélas ! mon der-
» nier souvenir l'accompagne jusque dans la cour des Messageries royales,
» où je la vis disparaître. Elle me disait encore : *Adieu ! adieu !* de sa
» douce voix. Chère sainte ! ô mon cher amour !... Et songer que je ne
» devais plus la revoir ! »

Elle mourut, en effet, loin de son mari, loin de son jeune enfant, et cette mort laissa un vide immense autour de ce pauvre homme qui n'avait jamais aimé que cette femme, et qui ne devait pas en aimer d'autre. Une chose rare, savez-vous, dans la turbulente biographie de ces hommes qui vivent par les émotions, par les gloires et par les désespoirs que les belles-lettres amènent avec elles, c'est de rencontrer un homme à ce point dégagé de toute autre passion, et qui n'a connu dans toute sa vie que les tendresses légitimes. Cet homme était pourtant le contemporain de ces poètes, de ces philosophes, de ces hommes d'état, de ces capitaines, qui, à la fin de l'empire et dans les premiers jours de la restauration, s'abandonnaient sans remords et sans peur à toutes les passions, à tous les hasards de ces gloires et de ces fortunes passagères. M. Monteil a vécu au milieu de ces deux mondes, le monde au delà et en deçà de la république ; et dans les bruits, dans le luxe et dans les fêtes de la toute-puissance, il est resté calme et silencieux, content de voir sourire sa femme et son enfant, et ne demandant au ciel que le pain nécessaire à l'accomplissement de la tâche qu'il s'était imposée. Si bien que les faiseurs de *Mémoires d'outre-tombe* auront beau expliquer, à force d'esprit et d'éloquence, les événements et les faiblesses de leur cœur, ils n'arriveront pas que je sache, en dépit de toutes ces amitiés si charmantes et de toutes ces passions si naturelles, et tout couverts du deuil de ces beautés souveraines qu'il faut ensevelir de ses mains, au simple effet de ces dernières paroles de M. Monteil, se souvenant de sa femme expirée et de cette tombe lointaine remplie avant l'heure. Hélas ! cette unique et charmante créature avait sauvé deux fois la vie à M. Monteil. Un jour, comme il lisait Grégoire de Tours sous un des chênes de Fontainebleau, une vipère le menaçait de son dard ; Annette à temps tua la vipère. Une autre fois, comme il se baignait à la jonction du Loing et de la Seine, il fut emporté par le courant rapide ; Annette se jette à l'eau et le retire des bords de l'autre monde. « Elle était là quand j'écrivais, suivant d'un regard attentif les mots échappés à ma plume ; elle me disait souvent : *C'est bien !* Elle m'encourageait en toute chose ; elle était là... elle n'y est plus ! »

V.

Désormais il restait seul au monde avec son fils Alexis, un noble enfant qui donnait déjà les plus belles espérances, et cet enfant, devenu un savant jeune homme, disparut à l'instant même où il allait tenir toutes ses promesses. Ceux qui ont eu l'honneur de connaître M. Monteil et le bonheur d'en être aimés se rappellent encore et se rappelleront toujours avec quelle émotion il parlait de son fils ; de grosses larmes roulaient à ce nom chéri dans ces yeux à demi éteints par le travail. Il perdait tout ce qui lui restait d'Annette en perdant cet enfant de leurs chastes amours ; il perdait, en perdant son fils, un ami, un camarade, un disciple, une force, un appui. Il avait élevé avec le plus grand soin ce fidèle compagnon de ses travaux, ce constant associé de sa fortune, et quand enfin l'œuvre et l'enfant grandis ensemble allaient combler l'ambition et les vœux du père de famille, arrive la mort qui d'un coup de sa faux dédaigneuse tranche, en passant, cette humble destinée. On frémit rien qu'à penser à ces douleurs. « Mon petit Alexis était né au mois d'août 1804, il disait souvent qu'il était né républicain. — Ce n'est pas la peine d'en parler, citoyen Alexis, lui disais-je en riant ; le jour même de ta naissance l'orfèvre mettait la dernière main à la couronne impériale du consul. » Cet enfant, élevé par ces deux êtres sérieux, eut à peine une enfance ; il sentit de bonne heure le poids de la vie. A l'âge de treize ans, il était déjà d'un grand secours ; il était bon, laborieux et juste ; il avait en lui toutes les qualités et toutes les vertus de l'honnête homme. « Ame loyale, esprit chaste, il m'aimait comme si j'eusse été le bon Dieu. »

M. Monteil était alors, en dédommagement de sa place perdue à l'école de Fontainebleau, bibliothécaire-archiviste de l'école de Saint-Cyr. Là, il éleva son fils jusqu'à l'âge de quatorze ans, et ils vivaient en paix l'un et l'autre à l'abri quelque peu bruyant de cette pépinière héroïque, lorsque la suppression de l'école, en 1819, les força de chercher fortune ailleurs. Ils portaient ainsi, sans l'avoir mérité, tout le poids des tumultes et des tapages de tant de jeunes capitaines, ces deux êtres cléments et dóciles ; on les traitait, le père et le fils, comme des révoltés, et ils s'en allaient se tenant par la main, privés des 1,500 fr. qui les faisaient vivre, et cherchant dans la campagne un logis en belle exposition, avec un jardin, le tout pour 200 fr. de loyer tout au plus. Jardin et soleil, fleurs et maison pour 200 francs, difficile problème ! Ils tournèrent trois mois autour de ce problème et autour de Paris.

« Après avoir visité tant et tant de maisonnettes dont le prix était en-
» core trop élevé pour notre humble fortune, nous revenions à Versailles,
» mon fils et moi, lorsqu'au pied des hauteurs de Chaillot : — Si nous
» grimpions là-haut ? me dit mon fils ; que sait-on ? Tel cherche bien loin
» ce qui est sous sa main. Nous montons. A force de monter du côté de
» Passy, nous arrivons à une masure exposée au midi ; la maison était
» délabrée, et le jardin était inculte. On nous demanda justement nos
» 200 francs, ni plus ni moins. — Tope là ! Et huit jours après, maîtres
» de nos domaines, nous labourons, nous semons, nous cultivons. Qui
» nous eût vus nous eût pris pour deux jardiniers à la tâche et qui ne veulent
» pas perdre une heure de la journée. Il en fit tant, le pauvre enfant,
» qu'il tomba malade, et peu s'en fallut qu'il ne fût enlevé par la pleuré-
» sie. O ciel, je n'avais plus guère que quatorze ans à jouir de sa chère
» présence ! On lui défendit la bêche : il reprit la plume, et je fis comme
» lui. Nous vivions un peu au hasard de quelques écritures, de quelques
» leçons, de quelques trouvailles aussi, car nous étions deux grands fu-
» reteurs dans les débris que la révolution française a laissés après elle,
» et quand mon fils eut compris les trésors que pouvaient renfermer ces
» vieux papiers, ces parchemins jaunis, et que ces dépouilles des siècles
» étaient en effet la parure et l'ornement de l'histoire, il apporta à cette
» quête une ardeur juvénile. Il avait le tact, il avait le flair de l'antiquai-

» re ; il n'était jamais si content que lorsqu'il avait découvert, dans quel-
» que arrière-boutique, un monceau de chartes, de palimpsestes, de do-
» cuments inédits voués à l'opprobre de l'épicier. Alors vous l'eussiez vu
» de toute son ardeur fouiller dans ce monceau de témoignages où le
» le droit féodal, le droit monastique et les municipalités envahissantes
» avaient laissé leur empreinte à demi effacée. Dans cette poursuite de
» l'inconnu à travers les titres de noblesse de l'ancienne France, il a fait
» de merveilleuses trouvailles. Il a sauvé, le sait-on ? d'une ruine com-
» plète les cartulaires de Saint-Vincent (Metz), de Saint-André, de Saint-
» Séverin (Bordeaux), et celui de l'abbaye de Vendôme. On lui doit le
» recueil des décrétales du VIIIe siècle, et les comptes perdus de tant de
» villes, de seigneuries, de châteaux, de bibliothèques, et grande quan-
» tité de vieux titres dont se sont enrichis plus tard le ministère de l'inté-
» rieur, le ministère de la marine et celui de l'agriculture. »

Tel était leur travail. Dans cette chasse ardente, où le succès de la
veille annonçait le succès du lendemain, ils trouvèrent un beau jour, au
ond d'un vieux coffre, une suite de petits morceaux de papier chargés de
notes au crayon. C'était le *memento* de chaque jour du roi Louis XIV. Le
grand roi avait l'habitude d'écrire sur ces feuillets épars la chose qui le
frappait au moment même et dont il voulait se souvenir. Ces fragments
précieux, où se retrouve en effet un roi occupé de ce grand art du gouvernement, le plus glorieux et le plus difficile de tous les arts, furent
cédés par les inventeurs à la Bibliothèque royale pour le prix de cent pis-
toles ! Nos deux chercheurs d'anciens mondes ont eu assez souvent de ces
bonnes fortunes ; ils ont indiqué à plus d'un gentilhomme ignorant le vé-
ritable nom de ces ancêtres : interrogez les Bellisle, les Mailly, les Maillé;
les Chevreuse, les Montmorency ; demandez à la maison de Condé, à la
maison d'Orléans, quels services les deux Monteil ont rendus à leurs
chartriers et quelles lacunes ils ont remplies ! Ce fut le beau moment de
ce père vieillissant et de ce fils qui était en pleine possession de sa jeunesse. Ils s'aimaient tant ! Ils se suffisaient si bien à eux-mêmes ! Le savant M. Daunou, qui l'avait vu à l'œuvre, appela le jeune Alexis dans la
section historique des archives du royaume, et le père et le fils, en ce
moment, virent les cieux entr'ouverts.

Au même instant paraissaient enfin les premiers tomes de l'*Histoire des
Français des divers états* : un grand étonnement et bientôt un vif intérêt
s'éleva autour de ce livre; en pleine Sorbonne, et du haut de la chaire
écoutée où M. Guizot parlait en maître, il fut lu un passage du *quinzième
siècle*. Il n'en fallait pas tant pour ramener tous les songes au bercail. A-
joutez une autre fête de cette humble maison, la fête éternelle, éternelle-
ment passagère, *l'amour !* comme l'écrivait M. Monteil en grosses lettres ma-
juscules. Il arriva en effet que le jeune Alexis, dans ses promenades avec
son père (ils allaient dans les champs, au hasard), lui raconta en le tu-
toyant qu'il était amoureux, et qu'avant deux ou trois ans il espérait venir à bout de sa conquête.— Elle est jeune et jolie, elle est gaie et bonne,
llee me sourit, elle danse avec moi; tu la verras mon père, tu l'aimeras !

Elle est aussi pauvre que nous, elle est laborieuse comme toi ! — Et le père écoutait, ravi, ces chastes transports. Dans les choses de l'amour, il était aussi peu avancé que l'était son fils, et il lui semblait que son fils allait vite en besogne. Une fois dans ces confidences, il est difficile d'en sortir ; le même nom revient toujours, toujours la même beauté, le même charme. Alexis n'avait pas encore dit un mot de tendresse à la jeune fille qu'il aimait, — et l'aimable garçon, il est mort sans qu'elle se fût doutée de sa tendresse et des vastes projets du père et du fils. Quelle belle maison ils ont bâtie en pleine Espagne à cette fille charmante ! Avec quel soin ils cultivaient le petit enclos de cette habitation, éclairée par ces beaux yeux ! Que fallait-il, en effet, dour acheter près de Fontainebleau (toujours Fontainebleau !) un petit domaine où ils pourraient vivre sans trop de luxe et sans trop de privations ? — Avec le produit des trois ou quatre premières éditions du *quatorzième siècle*, on verra le bout de nos domaines, n'est-ce pas mon père ? — Oui, mon fils, et je. doterai ta fille, ma fille, du produit de notre *quinzième siècle*, et le *seizième siècle* sera bien malheureux s'il ne nous aide pas à élever ton fils aîné. Pour notre petit cadet, je réserve le siècle suivant ; à ma paisible vieillesse appartiendra le siècle des bruits et des tempêtes. Allons, courage, Alexis ! Tu le vois, notre fortune avance ; il faut te déclarer, mon enfant. — Demain, mon père, oui, demain ! disait le jeune homme ; et de jour en jour, timide, il différait sa demande en mariage, au grand chagrin de son père, qui l'appelait un poltron, et qui n'était guère plus rassuré que lui.

Il n'y eut pas de promesse de mariage, il n'y eut pas d'autres fiançailles que les fiançailles de la mort ! Cet enfant succombait sous les atteintes d'un mal inconnu. Il avait souffert sans se rendre compte de ses souffrances, il se mourait sans savoir qu'il était malade. Il revint, un dimanche de septembre, à la maison paternelle : il avait froid, il était mouillé jusqu'aux os ; il se sécha au poêle en grelottant. Le froid amena la fièvre, et la fièvre emporta en trois jours tout l'espoir et tout le bonheur de ce père infortuné. « Je le perdis le 21 septembre 1833, à onze heures du soir. Je lui fermai les yeux. O plainte ! ô douleur ! ô mon enfant ! O mon cher Alexis, ma seconde âme ! Entends-tu, de là haut, les larmes et les cris de ce malheureux qui fut ton père ! Reconnais-tu la voix de ce vieillard que tu aimais tant, qui t'aimait tant, que tu laisses seul sur la terre, la tête couverte de cheveux blancs et les bras vides ! »

VI.

Ici s'arrêtent les derniers bonheurs de cet homme excellent entre tous les hommes qui, de nos jours, se sont fait un nom dans les lettres. Il avait fondé sur cet enfant de son âme toutes ses espérances, et l'enfant n'était plus. Adieu donc aux beaux rêves, aux vastes pensées, aux transports des noces prochaines, aux petits-enfants joyeux dont le père et le fils s'entretenaient dans leurs promenades solitaires ! Adieu à cette grande métairie où la famille entière devait se cacher quand l'*Histoire des Fran-*

çais serait complète... Il faut à cette heure acheter, non pas une métairie, un tombeau ! Savez-vous cependant que c'est chose hors de prix ces six pieds de terre perpétuelle qui se vendent aux cimetières publics ! Or ce père infortuné ne pouvait pas, en ce moment, trouver dans sa bourse épuisée un de ces domaines funèbres où le mort enfoui peut du moins reposer seul. Alors, pour que son fils échappât à cette misère qui est regardée en notre pays d'égalité comme une honte, il fallut que ce malheureux père écrivît une humble supplique au bureau des Pompes funèbres, dans laquelle il représentait qu'il était impossible de laisser disparaître au fond de l'horrible fosse, la *fosse commune*, un jeune homme qui avait usé sa jeunesse et sa vie à rechercher les titres de noblesse de cette partie de la nation qui travaille et qui porte la chaleur du jour. Il avait consacré déjà tant d'années à la première histoire où le peuple ait joué son rôle ! Sa lettre écrite, M. Monteil la porte aux bureaux de la préfecture de la Seine, et, chose étrange, il ne se trouva pas, dans cette administration si paternelle de la ville de Paris, un jeune homme assez instruit pour savoir quel était ce M. Monteil, ou tout au moins une âme assez bienveillante pour s'enquérir de la réponse à faire à cette humble et éloquente supplique. Il reçut donc une de ces réponses banales qui conviennent à tous, et qui ne sont faites pour personne. « On regrettait... on ne pouvait pas ; on n'avait pas de fonds !... » Ah ! maladroits surnuméraires, maladroits et sans pitié, qui brisez d'un trait de plume une sainte espérance ! Il faudrait, pour votre juste châtiment, afficher la lettre de M. Monteil à la porte des ministères et des préfectures : elle servirait de leçon aux employés à venir. Cependant M. Monteil ne se tint pas pour battu, et il s'en fut porter son humble prière à M. le préfet de la Seine, un homme certes affable et bienveillant, mais peu versé dans la connaissance de certains livres, et qui ne se doutait guère de toutes les peines et de tous les travaux que peut contenir un simple chapitre. Donc notre historien, quand il se présenta, tête nue, au premier magistrat de la cité, l'aborda d'un seul mot : Je suis Monteil ! Dans sa pensée, à ce mot-là : *Je suis Monteil*, M. le préfet devait se dire : Allons, soyons juste ! j'ai sous les yeux un homme qui a consacré ses nuits et ses jours à un livre que personne n'avait entrepris avant lui. — Je suis Monteil ! c'est-à-dire je suis ce père infortuné qui vous implorait hier, afin d'obtenir, dans tout cet espace de campagnes dévastées que la ville de Paris vend aux morts opulents, un petit coin réservé où je puisse enterrer mon fils unique. A ce cri sorti de l'âme et des entrailles de ce malheureux, le préfet interdit ne sut que répondre. — Ah ! s'écria le vieillard, qui s'attendait à être reçu les bras ouverts, je suis perdu ! vous ne savez pas qui est Monteil. — Et il descendit l'escalier de l'Hôtel-de-Ville, tenant sa main tremblante sur ses deux yeux pour cacher de grosses larmes qu'il ne pouvait pas contenir.

Il fallut donc obéir absolument à cette nécessité si cruelle ; M. Monteil vit son fils disparaître au fond de cet abîme. Infortuné ! Quelques uns de ses meilleurs disciples l'accompagnèrent en pleurant à cette tombe immense ; ils ont signé leurs noms amis sur ce livre qui tient lieu d'une pierre funéraire au jeune Alexis Monteil. Voilà , je pense, une terrible et touchante histoire, une tombe lettrée aussi triste que tous les tombeaux de tant d'écrivains que nous avons menés-déjà à leur dernier asile, où ils restent seuls et à peine abrités sous un monceau de fleurs d'immortelles tombées en poussière ! A ce vaste charnier de la mort s'arrêtent les mémoires de M. Monteil : il n'a pas eu la force d'en écrire davantage. A compter de ce jour funeste, il s'est replié plus que jamais sur lui-même, dans le travail, dans la pauvreté, dans l'abandon, dans le silence. A peine, de temps à autre, le soir venu, vous le rencontriez dans quelque allée du bois de Boulogne, aux environs de Passy, où il occupait une masure. Il allait seul, rêvant à ses histoires et à ses morts, pendant que, dans l'allée opposée, une autre ombre allait aussi, silencieuse et calme, à la poursuite d'un poème commencé. Dans cette allée errait M. Monteil, dans l'allée opposée se promenait Béranger, son voisin, et je ne crois pas qu'ils se soient jamais adressé la parole en passant. Ils étaient faits cependant l'un et l'autre pour s'aimer et pour se comprendre, et jamais peut-être la gloire éclatante du poète ne se fût trouvée plus à l'aise que dans la douce obscurité de l'historien-philosophe. Enfants du peuple l'un et l'autre, amis du peuple tous les deux, Béranger chantait les heures de repos de ce travail que M. Monteil indiquait dans ses livres ; il était le poète de ces esprits dont M. Monteil était l'historien. Lui aussi, s'il n'avait pas supprimé dans ses poèmes, comme le faisait son voisin dans ses livres, les rois et puissants de la terre, il leur faisait une guerre impitoyable. Disons tout, en dépit de l'apparence, le poète était moins bon homme que l'historien *des divers états* : Béranger aime la lutte, il la cherche, il l'appelle; il est habile à l'attaque, ardent à la défense; au contraire, M. Monteil n'attaque guère, il ne se défend pas, il poursuit obstinément une idée arrêtée à l'avance dans son cerveau.

Il a langui ainsi bien long-temps, cherchant le repos et ne l'attendant plus guère que de l'extrême vieillesse. A cette heure, il avait bien rabattu de ses premières prétentions, et pour tout domaine il se contentait d'un toit de chaume, entre deux jardins, non loin de ce Fontainebleau où le ramenait le souvenir de sa chère Annette. Il trouva à Cély, qui est un petit hameau sur le grand chemin, une maisonnette à sa convenance; il acheta la maison de Cely au prix de 8,000 francs, tout son avoir. Ainsi, après trente-cinq ans d'un travail assidu et d'une vie indigente, il avait perdu 2,000 francs du capital que son père et sa mère lui avaient laissé. Notez bien que, malgré ses huit tomes de l'*Histoire des divers états*, M. Monteil n'était que cela : *propriétaire à Cély*. Des justes honneurs réservés à la science, aucun ne lui avait semblé mériter les humiliations et les souffrances par lesquelles il faut passer avant de les obtenir. Il se répétait souvent cette parole de Sénèque, qu'il était pour lui-même un assez grand théâtre, obéissant en ceci à ce vrai sage, à cet éloquent M. Laromiguière, qui était son meilleur ami. — A quoi bon ces vanités qu'on te refuse, ami Monteil? disait M. Laromiguière; en quoi viendront-elles en aide à ta vie, et qu'en feras-tu à ta mort? Vivons cachés ; vivons sans récompense e

contentons-nous du petit bruit que font nos livres, sans y ajouter des
bruits factices et des titres menteurs. M. Laromiguière et M. Monteil
s'aimaient d'une amitié tendre et dévouée; ce fut même une ruse de celui-
ci qui fit trouver un libraire à celui-là. M. Laromiguière, en secret, ré-
pondit du premier livre de M. Monteil. Le banc de pierre au jardin du
Luxembourg sur lequel ils avaient coutume de s'asseoir a survécu à la
double pairie, aux pairs du roi Charles X, à ceux du roi Louis-Philippe.
La mort de M. Laromiguière fut une grande perte pour M. Monteil; il en
resta effarouché pour le reste de ses jours; son ami absent, il a vécu dans
un isolement complet. Une distraction, une fête, un plaisir, une soirée, un
dîner d'amis, une belle voix qui chante au piano, une réunion de beaux
esprits et de femmes ajustées à ravir, les discours, les causeries, l'ironie
et la vie à cinq ou six amis qui, de temps à autre, s'abandonnent au
plaisir de faire bonne chère et de boire à petits coups des vins choisis, ces
heures légères durant lesquelles il est impossible de vieillir, M. Monteil
ne les a pas connues. Il a vécu seul sans être un misanthrope; il a mangé
du pain, il a bu de l'eau fraîche, sans être un anachorète. Dans ce petit
village de Cély, où les soins les plus tendres lui ont été prodigués par ses
neveux et par sa nièce adoptive, il s'abandonnait à mille rêveries utiles; il
était comme ces grands collectionneurs qui, après avoir ramassé les plus
belles estampes des premières écoles, finissent par recueillir des images.
Après avoir écrit l'histoire entière de la France industrieuse, il se met à
écrire, à ses heures, l'histoire du village en général, et particulièrement
l'*Histoire de Cély*, un livre qui eût été certes son plus beau livre et dont il
ramassait les divers matériaux avec autant de soin que s'il eût voulu raconter de nouveau tout l'établissement du moyen âge.

In tenui labor, at tenuis non gloria, si quis...

C'est du Virgile, et M. Monteil le savait par cœur. Il aimait le village,
il aimait principalement le village de Cély; il en savait les mœurs, les
habitudes, les fêtes, les travaux, les plaisirs. Il avait recueilli les gais
noëls villageois et les noms inscrits sus les croix du cimetière; il savait
les dettes de la commune, il en connaissait les ressources; il vous montrait d'un doigt intelligent ses diverses limites au nord, au sud, à l'orient:
« L'église est au midi, le château est au nord. » De l'église, il vous disait
tous les curés; du château, il vous disait tous les maîtres, à dater de l'an
1626, sous le roi Louis XIII, surnommé *le Juste* parce qu'il était né sous
le signe éclatant de la *balance*, à finir par Mme la marquise de Boisgelin,
héritière de la maison de Harlay. Dans ces traces effacées, il avait retrouvé la trace savante de M. de Thou et les pas légers de M. de Cinq-
Mars. Pas un champ de blé et pas un arpent de bois dont il ne racontât
la généalogie. Ceci? A la princesse de Talmond... Cela? A Jean Lecard. Il
s'attachait surtout aux plantations, aux semailles, aux récoltes, aux vendanges; il interrogeait les bergeries et les étables; il décrivait à la façon
d'un homme pratique les outils et les instruments aratoires, reconnais-
sant à chaque pas les forces et les grâces que la main de Dieu peut semer

en un si petit espace : arbres et rochers, bois et prairies, vignes et jardins.
Il s'éveillait au claquet du moulin, au bruit du soufflet de la forge vigi-
lante ; il s'endormait aux derniers chants de l'oiseau célébrant la fin d'un
beau jour. Les villageois le saluaient comme un bonhomme dont ils ho-
noraient la pauvreté et la vieillesse ; il leur avait taillé, dans les registres
de la paroisse, une généalogie à leur usage ; il avait retrouvé un Jean
Brossard dixième du nom, un Jacques Rousseau qui remontait, non pas
sans étonnement, à son trisaïeul. Arbres généalogiques écrits sur les bouleaux et sur les saules de ces campagnes ! C'était un essai que faisait
M. Monteil, un avancement d'hoirie à ces braves gens, qu'il voulait ré-
compenser avec un peu de cette gloire posthume qui éclaire à peine les
tombes illustres. Un peu de bruit après soi dans ce monde où l'on passe,
il n'y a pas de plus douce et de plus utile récompense ; c'est pourquoi
M. Monteil écrivait l'*Histoire du village de Cély*, afin que sur le plan de
cette histoire modèle on pût dresser quelque jour l'histoire universelle des
quarante-deux mille communes de France. *Cœli enarrant gloriam tuam !* lui
disions-nous dans un jeu de mots qui le faisait rire. Il a vécu jusqu'à la
fin dans ces rêves, « et jamais, disait-il, je ne suis plus dispos que le matin, assis à ma table de travail, lorsque je vois ma pensée et le rayon
d'en haut colorer mes rêveries des plus fraîches couleurs de l'espérance. »

Avant de mourir, il voulut réaliser un peu de cette joie à laquelle il avait
rêvé toute sa vie. Il était bien pauvre, et cependant il a fondé dans son village de Cély, qui le croirait ? une médaille d'honneur, et pour la fondation
perpétuelle de cette médaille d'argent, « ledit sieur Monteil, habitant du village de Cély (canton sud), consent à la vente de deux ares quatre centiares
(quatre perches) de bois taillis, essences de chêne... » Lui-même, du fond
de sa tombe, il désigne aux récompenses à venir l'homme qui aura des-
séché une mare du village, celui qui aura planté les plus belles treilles
autour de sa maison ; il donne une médaille au plus habile laboureur,
une médaille à la bonne garde-malade, une récompense à la bonne servante, à la villageoise conteuse de la veillée ou du lavoir qui ne dit que
des fables décentes, une médaille au berger qui traite avec douceur les
animaux confiés à sa garde et *qui se rappelle que nous avons tous le même
Créateur*. C'est ainsi que ce galant homme ajoutait l'exemple au précepte,
le bien-faire au bien-dire. — Et nous qui l'avons connu, qui l'avons aimé,
nous qui étions dans le secret de ses ennuis et de ses espérances, nous
ne pouvons pas le laisser disparaître dans l'ombre et dans le silence, entre
deux révolutions, comme on fait justement pour les gloires inutiles, bonnes tout au plus, après tant de tumulte et d'écume, à compléter la poussière et le néant des futiles grandeurs de chaque jour !

JULES JANIN.

Paris, impr. de Guiraudet et Jouaust, rue Saint-Honoré, 338.